나는 왜 일을 하는가

글로벌 헬스케어 회사에서 보낸 17년,

그 모든 것에 대한 이야기

나는

왜 일을

하는가

황성혜

새의노래*

시작하며

나의 경험과 기억을 정리한다는 것

8월의 뜨거운 여름날이었다. 엄마는 일곱 살짜리 딸아이가 안 보이자 찾기 시작했다. 아파트 5층에 있는 집에서 밖을 내다보니 저 멀리 놀이터에서 딸아이 닮은 아이가 그네를 타고 있었다. "성혜야, 성혜야~" 아이가 못 알아듣자 엄마는 놀이터로 달려갔다.

"너 지금 뭐 하는 거니? 이 땡볕 더위에……"

"그게 있잖아. 그네가 아까워서……" 평소 동네 아이들에게 밀려서 좀처럼 그네를 차지하지 못했던 아이는 빈 그네가 아까웠나 보다.

다부지지 못한 순둥이인 내가 신문사 기자를 거쳐 글로벌 기업에서 밥벌이를 잘하고 있으니 하늘이 주신 축복이다. 이제는 글로벌 기업 '짬밥'이 17년째로 기자로 일하던 세월을 넘어섰다. 그동안 좋은 회사들에서 많이 배우고 성장하며 보람찬 시간을 보냈다.

오랜만에 만난 신문사 후배가 글로벌 기업 여성 임원에 대한 이미지를 읊어댔다. 일단 눈썹에 잔뜩 힘을 주고 승부욕에 불타는, 카리스마 작렬하는 모습이 떠오른다고 했다. 그러면서 덧붙였다. "선배처럼 이마에 '다. 정.' 두 글자가 쓰인 사람이 어떻게 변신하고 살아왔을지 너무 궁금했어요." 본인은 앞으로도 영원히 글로벌 기업에서 일할 일은 없을 거라면서도, 내가 어떻게 살아가는지 궁금하다고 했다.

드라마와 영화에 나오기도 하지만, 대체 글로벌 기업 여성 임원은 어떤 이미지일까. 영화나 드라마에 등장하는 모습은 대개 이렇다. 각 잡힌 슈트를 입고, 카리스마를 뿜어내며, 똑 부러지게 말하고, 당당하고 절도 있게 걷는다. 기자로 일할 때, 기자를 주인공으로 삼은 영화나 소설들을 볼 때마다 '참으로 현실과는 다르구나' 싶었는데 글로벌 기업 임원의 경우에도 그랬다.

취재 기자로 일할 때, 세계적인 럭셔리 브랜드의 여성 대표를 인터뷰했다. 홍보 담당자보다 훨씬 더 적극적이고 친절했고, 회사에 대한 애정도 컸고, 말과 행동이 당당하고 자연스러웠다. 인터뷰를 마치고 저녁 식사를 하던 도중 그는 "글로벌 팀과 급하게 20분 정도 전화 회의를 해야 한다"며 양해를 구했다. 막연히 참 멋있어 보였다. 그때 글로벌 기업에서 벌어지는 일을, 호기심 가득 안고 들은 기억이 난다.

어느덧 글로벌 기업에 다닌 지 16년이라는 세월이 훌쩍 지났다. 여전히 회사 안팎에 있는 여성 리더들을 오프라인, 온라인 미팅에서 만나며 자극을 받고 배움을 얻는다. 특히 '화롯가 대화(Fireside chat)'와 같은 소모임에서 '여성 리더로서 겪었던 어려움과 극복했던 경험'들을 나눌 때면, 눈물 없이 들을 수 없는 사연들을 접하게 된다. 각자 경력에서 얻은 성과가 크건 작건, 그동안 기울인 노력과 땀이 밴 이야기들이 참으로 아름답다.

6.

*

일하느라 정신없이 앞만 보고 달려온 내게 집은 하숙집이나 다름없다. 집 정리는 늘 우선순위에서 밀렸고 어쩌면 일찍이 포기해버렸는지도 모른다. 집 정리에 관련한 책이나 티브이 프로그램을 열심히 들여다봐도 정작 내 집은 어디서부터 손을 대야 할지 엄두가 나지 않아 그냥 두고 살았다. 설교 말씀을 듣다가도 간결하고 단순하게 살아야 한다는 대목이 나오면 죄책감이 들었다. 그러다가 친한 언니한테서 몇 년째 하고 있다는 집 정리 얘기를 듣고 정신이 번쩍 들었다.

"정리를 하다 보니 화분의 예쁜 꽃만이 아니라 꽃을 지탱하는 뿌리까지도 보게 되더라. 왠지 모르게 내 삶을 꽉 붙잡고 있는 듯하고 자신감이 생기고……" 정리하면서 삶의 뿌리를 들여다보게 되었다는 말일까.

이렇게 시작된 나의 집 정리 프로젝트. 물건을 정리하다 보니 신기하게도 그동안 내가 어디에 삶의 가치를 두고 살았는지 돌아보게 되었다. 정말 버려야 할 것과 새로 사야 할 것을 예전보다 훨씬 신중하고 깊이 생각하기 시작했다. 희한하게도 집 정리를 시작한 시점에 책을 쓰기 시작했다. 집을 말끔하게 정리한다기보다 내 인생을 한번 정리하며 작은 점을 찍고 싶었던 것 같다.

앞만 보고 열심히 달려와 이룬 경력, 그동안 내가 씨름했던 것들을 한번 마주하고 싶었다. 일터라는 무대에서 경험한 보람되고 기뻤던 일들, 어깨가 무겁고 아픈 일들 모두 다. 햇볕을 쏘일 것은 쏘이고, 그러지 않을 것들은 정리해서 필요한 데로 내보내거나 헤어지면서…… 내가 누리고 배운 소중한 것, 극복한 것과 그렇지 못한 것들을 돌아보고 정리하는 작업을 글쓰기와 집 정리, 이렇게 두 갈래로 시작해보았다.

*

이것은 어쩌면 기자 시절 『사랑해 파리』(2006년)를 출간한 이후 끊어진 나의 서사를 다시 이어가는 작업인지 모른다. 당시 파리에 대한 내 마음, 그곳에서 이룬 성장을 기록한 작업이 참 잘한 일이라고 생각했다. 새로운 일터에서 다양한 경험을 쌓으며 받은 자극과 배움을 글로 표현하고 싶은 마음은 늘 몽실몽실 피어오르는 듯했다. 그런데 롤러코스터를 타는 것처럼 역동적인 시간을 보내다 보니 글쓰기는 늘 순위에서 밀렸다. 정리되지 않은 서재처럼 많은 것들이 쌓여 있어서 마음에 걸렸다. 에세(Essai)를 쓴 몽테뉴처럼 나 역시 내 안에 있는 경험과 기억들을 잘 정리하고 닦아서 깔끔한 두 번째 서사를 완성하고 싶었다.

8.

이 책은 치열하게 걸어온 내 삶을 기록한 나만의 서사다. 누구를 가르치거나 멘토링하려는 것이 아니다. '짧은 인생, 도전해보지 않겠냐'는 말에 이끌려 새로운 환경에 들어가 맞닥뜨렸던 나의 도전과 배움, 상처와 갈등, 성취와 기쁨을 차근차근 기록했다. 그런 여정에서 친구나 인생 후배들을 초청해 함께 나누는 마음으로 썼다. 나 역시 여전히 좌충우돌하고 있지만 과거에 어떤 마음으로 내 자리를 지켰는지를 돌아보고 현재와 미래의 여정을 소곤소곤 얘기 나누고 싶었다. 모두가 글로벌 기업에서 일해볼 필요는 없지만 독자들이 이 글을 통해 100년 넘는 역사와 생명력을 자랑하는 글로벌 기업들이 강조하는 원칙이나 가치, 문화에 대한 통찰과 지혜를 공유할 수 있다면 무한히 기쁠 것이다.

내게 그림 그리기가 그러하듯 정답이 있는 작업이라 생각했다면 애초에 시작할 엄두조차 내지 못했을 것이다. 그저 하얀 캔버스에 내가 해석하고 경험한 바를 펼쳐놓는다고 여기며 즐겁게 작업했다.

이 책을 통해 내 인생과 경력을 한번 정리해보았지만 다음 길 역시 순탄하지만은 않을 것이다. 여전히 소낙비는 내릴 테고, 폭풍우가 몰아치겠지만, 이렇게 정리하고 나면 좀 더 자유롭고 새로운 마음으로 세상을 마주하고 있지 않을까? 이 작업에 함께할 여러분을 기쁜 마음으로 초대한다.

차례

1장

나는 왜
이 일을
하는가

나는 지금 글로벌 기업에서 일한다

유치원 시절 쥘 베른의 『80일간의 세계일주』를 처음 접했을 때가 지금도 생생하다. 분 단위로 시간을 쪼개 매사 정확히 계획적으로 사는 포그라는 런던 신사가 80일 동안에 세계일주를 마칠 수 있다며 2만 파운드짜리 내기를 걸어 뜻하지 않게 세계를 누빈다. 그의 모험이 멋져 보였다. 하지만 가장 신기하고 호기심을 자아낸 대목은, 내기에서 진 줄 알았던 주인공이 나라마다 시간이 달라 도착 시간을 잘못 계산한 덕에 내기에서 이기고 행복하게 살았다는 부분이다. 시곗바늘은 정해져 있는데 어떻게 시간이 다르게 흐른다는 걸까? 지구본을 돌려보며 설명을 들어도 이해가 안 되고 신비롭게 느껴졌다.

"글로벌 기업에 다니시잖아요, 뭐가 다른가요?"

참 많은 분들에게 이 질문을 받았다. 처음 화이자제약에 입사해서 시공간이 보다 확장된 환경에서 일한다는 점이 새로웠다. 다른 지역에 사는 사람들과 화상회의, 전화 회의를 하면서 시차를 확인하는 게 일상이 되었다. 이 시차라는 것이, 외국에 사는 친구와 가족들과 연락하거나 외국 여행을 갈 때뿐 아니라, 매일 24시간 내 일상 속에 쏙 들어와 한 자리를 차지해버린 것이다. 누군가의 아침과 누군가의 밤이 교차해서 끝도 없이 사람을 만나는 상황이 다소 불편하기도 했지만 어느 순간 낭만적이고 신비롭다는 생각도 하게 된다.

워싱턴에 있는 사람과 한참 메신저로 얘기하며 미팅을 잡는다.

그런데 자꾸 시간이 안 맞아 이상했는데, 내가 지금 서울이 아닌 시드니에 있는 게 아닌가! 어떨 땐 시차 때문에 날짜를 착각해 당황했고, 인도 뭄바이에 있는 동료와 미팅을 잡으면서 시차가 한 시간이 아니라 30분 단위로 다를 수 있다는 것도 처음 알았다. 휴대전화에 세계 여러 지역 시간표를 주르륵 표시해놓고 보는데 이럴 때는 내가 세상을 가로지르며 살고 있다는 느낌이 강렬해진다.

*

뉴욕에 파견되어 일하던 시절에 현지 시간 아침 7시에 회의가 시작된 적이 있었다. 한 해뿐 아니라 향후 몇 년간의 비즈니스 농사를 잘 짓기 위해 여는 예산 회의였다. 요구르트와 감자 칩, 머핀, 음료수가 가득 쌓여서 좋아했는데 다 이유가 있었다. 뉴욕 시간 오전 7시에 중국 팀(현지 시간 저녁 7시)이 화상으로 들어와 자정 무렵에 발표를 끝냈다. "거기는 자정 다 됐을 텐데 어쩌면 이렇게 멀쩡한가요. 굿 나잇! 우리 꿈꾸진 말구." 빅 보스가 말했다.

잠깐 화장실 다녀오는 등의 일을 보는 5분짜리 바이오 브레이크(bio break) 이후에 등장한 2번 타자는 아프리카, 중동 지역 팀. 뉴욕의 정오에는 두바이 사람들(현지 시간 저녁 8시)이 화상으로 들어왔다. 그들이 발표와 논의를 마치고 잠자리에 드는 자정 무렵, 뉴욕 사무실은 오후 4시경이었다. 비슷한 시간대를 사는 남미 동료들이 화상으로 참여했다. 각국의 보건의료 시스템은 물론이고 질환의 분포, 정부와 사람들이 너무 다르다 보니 이런 환경 속에 있는 약들의 인생도 너무나 제각각이었다.

아침 7시에 시작한 미팅은 별도의 점심이나 휴식 시간 없이 저녁 8시가 다 돼 끝났다. 13시간 동안 진행된 논스톱 미팅은 이 생에선 다시 경험하기 어려울 만큼 드문 일이겠다. '그래머시 파크(Gramercy park, 뉴욕 맨해튼의 개인 공원)'라는 이름이 붙은 미팅룸에서 나오는데 머리가 얼얼하고 온몸이 쑤셨다. 하루 종일 거의 안 먹고 화장실도 자주 안 가면서도 미팅 내내 조금도 흐트러지지 않는 보스와 빅 보스*의 체력과 열정에 입을 다물 수가 없었다. 그날 내가 얻은 교훈은 "체력이 국력!"이었다. 여기선 해가 뜨고 저기선 해가 지는, 서로 다른 시간대에 사는 사람들이 만난다는 것이 매번 색다르고 신선하기만 하다.

공간적으론 또 어떤가. 관광객으로 뉴욕에 놀러 가는 일과 맨해튼 42번가 한복판의 거대한 빌딩에 있는 회사에서 월급 받고 살아가는 것은 좀 달랐다. 시차 적응 하느라 고생하며 호텔 방에서 발표 준비

● 이 책에서 보스는 내 상사, 빅 보스는 내 상사의 상사, 리더는 상사뿐 아니라 전체를 아우르는 사람이라는 의미로 썼다.

를 하다가 회사로 향할 때면 어쩐지 내 키가 한 뼘 커진 것 같았다.

　뉴욕 본사에 처음 갔을 때의 일이다. 미팅이 열리는 주소를 찾아가 보니 브로드웨이에 있는 작은 소극장이 나왔다. CEO가 바뀌는 시점에 맞춰 전 세계 홍보 책임자들을 부른 자리였다. 첫 세션은 '빅 헬로(Big Hello).' 나는 누구이고, 어디서 왔고, 무슨 일을 하는지 객석에 앉아 있는 참석자 100여 명이 각자 일어나 소개하는 시간이었다. 코스타리카, 베네수엘라, 남아프리카공화국…… 처음엔 자신의 국적만 말하더니, 점차 위트가 더해지기 시작했다.

　"맨해튼에서 일하지만 사는 곳은 브루클린." "나는 뉴욕…… 이 아닌 헝가리에서 왔네요." "내 고향은 아프리카 중동이지만 뉴저지에 살고 맨해튼에서 일해요." 나도 잠깐 고민하다가 "한국에서 왔어요. 북한 아니고 남한이구요~"라고 했더니 사람들이 웃음을 터뜨렸다. 미스 월드 선발대회에서 저마다 자기소개를 하는 느낌이었다. '내가 글로벌 기업에 다니고 있구나……' 실감이 났다.

　당시 내가 속한 부서의 빅 보스는 "우리가 아프가니스탄에서 왔건, 맨해튼 42번가 본사에서 왔건 이메일이 아니라, 이렇게 한 공간에 다 함께 모였다"면서 "며칠간 열리는 미팅을 통해 회사와 내가 하는 일, 우리 자신에 대한 생각을 깊이 나눠볼 수 있길 바란다"라고 말했다. 이날 회사 미팅이 열린 소극장에서의 첫 만남은 지금까지도 특별한 추억으로 남아 있다.

20.

세계적으로 이름이 알려진 글로벌 기업의 경우 회사나 제품 이름이 할리우드 영화나 드라마에 종종 등장한다. 우리 회사 이름이 나오면 반갑기도 하지만 당황스러운 일도 생긴다. 한번은 회사 제품이 영화 초반부터 도배하듯 나와서, 한국 정부 기관이 해당 영화에 대한 회사 입장을 묻는 희한한 경험을 했다.

또 한번은 뉴욕 브로드웨이의 극장에서 지하철을 배경으로 뉴요커들의 삶을 다룬 아카펠라 뮤지컬 〈운행 중(In transit)〉을 보는데 한 등장인물이 자기소개를 하면서 우리 회사 이름을 언급하는 게 아닌가. 내가 "앗" 소리를 냈더니 옆 좌석에 있던 사람이 나지막이 "너 화이자 다니는구나? 나도 너희 회사 약 많이 먹는다"며 말을 건네기도 했다.

어느 날은 뉴욕 JKF 공항의 입국심사대를 지나는데 직원이 방문 목적을 지나치게 꼬치꼬치 물었다. 아예 회사 이름을 꺼내는 게 나을까 싶어 말했더니 직원이 반색을 했다. "당신 회사 빌딩 옆에 있는 문구 회사에서 7년간 일했다"며 껄껄 웃었다. 최근에도 미국 출장길에 공항 직원이 무슨 미팅이냐고 해서 회사 이름을 댔더니 "혹시 관련 제품이나 배지 있느냐"는 질문을 받았다. 회사 배지를 보여줬더니, 그는 우리 회사 제품의 이름을 늘어놓으며 웃었다.

예전에는 다른 나라에서 터지는 기후 재앙이나 금융 위기가 나에겐 그저 해외 뉴스일 뿐이었다. 그러나 본사 미팅에 들어가면 오롯이 우리 동료들의 이야기가 된다. 그리스 동료가 금융 위기 극복 사례를 스페인 동료에게 전하고, 스페인 동료는 포르투갈 동료에게 전한다. 홍콩의 어려운 정치 환경에서 국민들이 양분되고 갈등이 심해졌을 때, 자국민 입장에서 그런 일을 겪고 있는 동료와 한참 화상통화를 했다. 엄마로서, 직장인으로서 고민을 나누는데 홍콩의 정치 상황이 단순히 해외 뉴스로 접하는 국제 정세에 불과할 수가 없었다. 지진이나 폭우로 인명 피해가 생기거나 안타까운 소식을 접할 때도 회사에서 전 직원에게 메시지를 전한다. 동료들끼리 가족이나 친구들은 안전한지 안부를 묻고 위로하며 격려한다. 조금 전까지만 해도 특수 희귀 질환에 대한 정부 정책이 강화된 마켓이 소개되어 환자들의 삶을 획기적으로 개선할 기회를 논의했는데, 지금은 전쟁이 벌어진 마켓에 있는 직원들의 안전과 대피를 고민하고 논의하는 식이다.

*

글로벌 기업은 본사를 중심축으로 해서 세계에 뻗어 있는 각국의 지사들과 이 지사들이 모인 지역(region, 리전)이 촘촘하게 연결돼 유기적으로 움직인다. 예를 들어, 아시아에 있는 각 나라들을 '마켓'이나 '로컬'이라고 한다면 그런 나라들이 모여 아시아태평양 '지역'을 구성하는 식이다. 각 마켓의 현장 상황은 지역을 거쳐 본사에 보고되고, 본사에선 다양한 마켓과 지역의 상황을 끊임없이 모니터링한다. 각국의 사업 결과와 예산 집행 관리를 점검하고 이를 바탕으로 내년, 후년, 5년간의 예산안을 세운다. 글로벌이나 지역 차원의 비즈니스 보고를 위한 발표 슬라이드에는 각 마켓을 보여주는 국기들이 표시되고 비즈니스 현황에 맞춰 빨강 노랑 초록 신호등이 여기저기서 반짝거린다. 본사는 위기와 도전에 직면한 마켓, 기회의 문이 열린 마켓을 제때 파악할 뿐만 아니라 마켓의 다름이나 특수성을 반영해 전체 비즈니스를 운영해간다.

마켓별로 해당국 상황에 따라 질환의 발병 추이도 다르고, 약가(藥價)와 보험 정책도 다르다. 이 모든 것이 비즈니스에 영향을 미친다. 또한 회사의 전략은 나라마다 다르게 펼쳐지는 (금연과 항암제, 백신 등 연관된) 보건의료 정책이라는 변수를 만나 새롭게 바뀌기도 한다. 각 마켓, 즉 국가마다 처한 환경에 따라 시장 비즈니스의 발전 속도도 다르다 보니 마치 타임머신을 타고 다니는 느낌이 들 때도 있다.

한 마켓에서 특허가 만료된 제품을 다른 마켓에선 이제 막 시판한다. 정부의 정책 입안자들이 특정 제품과 관련한 허가나 보험, 가격, 정책 정보를 다른 나라 정책 입안자들과 공유하듯이, 회사들도 서로 다른 나라에 사는 동료들의 사례를 나누며 벤치마킹을 한다. 같은 제품을 두고 한 회사에서 같은 일을 하는데도 개별 마켓마다 처한 환경들이 너무 달라서 놀라고, 그럼에도 불구하고 나라마다 구구절절한 사연들이 서로 닮아서 다시 한 번 놀란다. 모일 때마다 각 마켓의 우수 사례를 공유하는데 그러면서 "서로의 경험을 나누고 서로 배우는 힘이 글로벌 기업의 장점(Beauty)"이라고들 입을 모은다. 성취한 여정뿐만 아니라 실패한 여정까지 먼저 겪은 마켓은 다른 마켓들의 나침반이 되어주기 때문이다. 나는 일반적인 비즈니스 미팅을 하다가도 이런 대목에서 뜬금없이 목울대가 뜨거워질 때가 있다.

개별 국가 안에서도 복잡한 일이 많이 벌어지는데 지역, 글로벌 팀 방침까지 여러 변수가 곱해지니 이로 인해 뇌 회로가 달궈지고 가슴이 복닥거릴 때가 많다. 업무 자체보다 다른 부서, 다른 지역, 글로벌 내의 또 다른 부서들과 끊임없이 조율하고 승인받는 일에 너무 많은 시간을 쏟다 보면 곳곳에 핸드브레이크가 걸려 있는 느낌이 든다.

솔직히 말하면 조직 구조가 간단하고 의사결정이 빠른 일터에 있었다면 지금보다 훨씬 효율적일 테니 더 신나게 일할 수 있지 않을까, 생각해볼 때가 있다. 그런데 글로벌 기업에서 일하는 사람에게는 이처럼 다양하고 복잡하게 조율하고 합의하는 과정 자체가 업무인 셈이다. 그래서 시공간이 확장되는 일터에서 호흡하고 배우면서 성장하는 기회를 누린 것을 후회한 적은 없다. '글로벌'이라는, 다소 피상적으로 다가왔던 단어가 이렇게 내 삶의 한 축이 될 줄은 정말 몰랐다. 전체 조직에서 보면 한 명의 미미한 직원이겠지만, 나는 가슴속에 나만의 방식으로 '글로벌'을 품고 산다.

'도전'이라는 말

"짧은 인생, 한번 도전해보지 않으실래요?"

한 글로벌 제약회사에 이러이러한 자리가 있는데 관심이 있느냐는 말을 들었을 때, 처음엔 큰 관심이 없었다. 그런데 그분이 던진, 스쳐 지나가는 듯한 단어 하나가 내 가슴에 콕 박혔다. "도전." 약간의 설렘이 생겼다. 그것이 내 인생을 변화시켰다. 모든 월급쟁이들이 그러하듯 기자의 삶이 늘 평안하고 즐거운 것만은 아니었다. 순풍을 탄 듯 잘 풀릴 때가 있는가 하면 역풍을 만난 듯 매사 원치 않는 방향으로 흘러서 고민이 클 때도 있었다. 기자였기에 만나는 사람들도 다양했고 직업을 바꿔보지 않겠냐는 뜻밖의 제안을 받기도 했지만 아예 진로를 바꿀 만큼 진지하게 여긴 적은 없었다. 어려운 인터뷰를 성사시켜 인정받고 정치와 사람 이야기를 쓰며 보람을 느끼던 시절이었다.

회사 측의 설명과 질문은 이러했다. "우리 비즈니스에 정부 정책의 영향이 너무 커지고 있다. 이에 대한 기회와 위험 요소를 파악하고 준비하면서 우리 약제들이 환자들에게 더 빨리 다가갈 수 있게 하는 자리가 있는데 관심 있나요?"

멀리서 이름으로만 접해본 글로벌 제약회사였다. 당시 회사는 약제(藥劑) 관련 정부 정책들이 크게 바뀌면서 비즈니스 환경에 지대한 영향을 미치자 이와 관련된 정책 담당자를 찾고 있었다. 관련 부서도 원래 없었고 해당 직책에 대한 직무 기술(Job Description)도

제대로 확립되어 있지 않았다. 회사에서는 막연히 후보자를 찾고 있었는데 내 경험과 역량이 도움이 될 수도 있겠다고 본 것이다.

당시 나는 기자로서 정치, 사회, 문화 등 다양한 영역을 다뤘고 정치부 소속으로 정당에 출입하며 국회를 취재한 경험을 가지고 있었다. 정부 조직의 메커니즘을 두루 접했고 여러 인사들을 심층 인터뷰 하면서 다양한 네트워크를 쌓아오고 있었다. 보통 글로벌 기업에서 사람을 뽑을 때 국제 감각이나 언어 구사 능력을 중요시하는데, 내가 기자 생활을 하면서 프랑스에서 2년간 유학했던 점도 플러스 요인이 되었던 것 같다.

대외협력, 인사, 마케팅, 세일즈로 이어지는 각 부서의 인터뷰를 거쳐, 최종적으로 CEO 인터뷰를 하러 갔다. 두 눈에서 광선이 번득이는 듯 엄청난 에너지를 뿜어낼 뿐만 아니라 카리스마가 뚝뚝 묻어나는 튀르키예인 사장님이었다.

최종 선택을 받아야 하는 긴장되는 자리였건만 대화가 점점 흥미로워지기 시작했다. "새로운 영역으로 일터를 바꾸는 당신만 위험을 감수하고 도전하는 게 아니에요. 우리가 당신과 일하기로 결정하는 순간, 회사도 당신과 함께 위험을 분담하고 도전하는 겁니다. 우리는 당신의 성장 잠재력에 투자를 하는 것이죠." 다소 화기애애한 분위기에서 말하던 그분 표정이 잠시 굳어졌다. "당신은 지금껏 기자로 일하면서 세상을 평가하고 판단하며 살아오셨을 겁니다. 혁신을 근간으로 하는 우리 회사에 입사하는 순간부터 이제 세상의 평가를 받게 될 것입니다."

두 눈을 크게 뜨며 목소리를 높인 그의 말에 정신이 번쩍 들었다. 그는 잠시 호흡을 멈추더니 말을 이어갔다. "하지만 실망할 필요 없어요. 당신이 앞으로 몸담게 될 이곳은 자동차나 과자, 음료수를 파는 회사와 달라요. 당신은 이제 사람의 건강을 다루고 생명을 살리는 일에 몸담을 거예요. 자부심을 가지세요!" 순간, 두 팔에 소름이 돋았다. 나, 지금 채용 인터뷰 자리에 온 것 아니었나? 갑자기 내가 기자로서 자판을 두들겨 인터뷰 기사를 써야 할 듯한 기분이 들었다. 그는 글로벌 기업에서의 새 출발을 앞둔 나에게 내가 지금부터 할 일이 무엇인지, 어떤 의미가 있는지를 아주 강렬하게 가슴에 새겨주었다.

자, 이제 내가 해야 하는 일은 눈앞에 있는 이 문을 열고 발걸음을 내딛는 것이다. 이 문 너머 세상이 어떨지 모르겠지만 난 이미 '도전 열차'에 몸을 실었다.

*

돌아보니 기자 생활을 하는 동안 늘 내 일을 진심으로 대했는데, 일이 나를 어떻게 성장시키고 있는지는 나 자신도 잘 몰랐다. 그렇다.

내가 지금 하고 있는 일이 나중에 인생 전체를 아우르는 퍼즐 판의 어떤 조각이 될지 모른다. 당시 내가 하게 될 일을 구체적으로 알지는 못했지만, 인터뷰를 하는 과정에서 내가 기여할 수 있는 부분을 하나씩 정리하며 미래를 준비해갔다.

인생은 내가 계획한 대로 흘러가진 않지만 우리 모두는 희망을 품고 자란다. 어린 시절부터 화가와 기자를 꿈꾸었다. 화가의 꿈에 더 가까웠을 때 예술중학교에 진학했는데, 화가보다는 기자에 더 마음이 기울었나 보다. 초등학교 때 청소년 신문의 명예기자 직함을 달고 신문사 견학을 갔다. 담배 연기 자욱한 편집국에서 기자 아저씨들이 바삐 오가며 기사 쓰는 풍경은 어린아이가 보기에도 막연하지만 멋이 있었다. 그래서 일반계 고등학교를 택했고 이후 신문방송학을 전공하고 대학 시절 내내 기자를 꿈꿨다. 바라던 대로 신문사 기자로 사회생활을 시작해 세상을 온몸으로 만나며 좌충우돌하며 성장하고 배웠다.

기자로 일한 지 약 13년, 기쁘고 행복했다. 안면마비가 올 정도로 일에 몰입하고 스트레스 받으며 국회 출입 기자 생활도 해봤고 선배에게 살벌하게 깨진 뒤 새벽 1시에 올림픽대로에서 차를 달리며 대성통곡한 적도 있었다. 북극에 있는 핀란드 로바니에미 산타 마을을 취재할 때도 좋았지만, 새벽까지 어느 정치인 집 앞에서 '뻗치기'를 하다가 인터뷰가 성사됐을 때나, 잘 만나주지 않던 취재원이 마음을 열었을 때 느낀 뿌듯함은 지금도 강렬하다. 어느 때보다 취재하거나 기사를 쓸 때 '내가 살아 있구나' 하는 느낌이 팍팍 들었고, 활자화된 기사를 접할 때면 정말이지 가슴이 벅찼다. 단독 기사를 펑펑 터뜨리는 기자는 아니었어도 역사의 현장에 있다는 것만으로 충분히 흥분되었고 그 일을 통해 알게 된 사람들과의 만남도 좋았다.

특히 인터뷰하면서 사람들이 가슴에 담아둔 이야기를 접하다 보면, 간접 경험을 통해 나 자신이 성장하는 것 같았다. 많이 울고 많이 웃던 취재원들의 삶을 들여다보고 글로 옮기면서, 가슴이 뿌듯해지는 특별한 순간을 숱하게 경험했다. 신문사에 노트북을 반납하고, 기자 계정이 없어질 때는 마음이 아려왔다. 그렇게 좋아하던 일을 그만두고 새 삶을 시작하려니 뒤숭숭한 마음에 발길이 떨어지지 않았는데, 격려해준 선후배 동료들의 진심 어린 배웅이 큰 도움이 되었다.

*

낯설기 짝이 없는 미국 제약회사인 화이자로 일터를 바꾸었다. "잃을 게 없지 않느냐"라고 말은 했지만 솔직히 직업을 바꾸는 결단을 내리기가 그리 쉽지 않았다. 열심히 고생하며 걸어온 길을 원점으로 돌리는 것도 같고, 갑자기 '잃을 게 생각보다 많을지도 모른다'는 생각도 들었다. 어렸을 때부터 꿈꾸고 동경했던 기자 생활이 일상이 되면서 환상이나 동경에서 깨어난 지는 오래였다. 익숙하게 누리던 것과의 이별이 막연히 두려웠나 보다.

그런데 약간의 설렘을 안고 용기를 낼 수 있었던 것은 '도전'이라는 단어 덕이었다. 나에게 도전이란 익숙해진 패턴을 벗어던지고 미지의 세계로 발걸음을 떼는 일이다. 그동안 기자로서 낯선 세상, 낯선 사람들을 만나 질문을 던지며 세상을 만나왔으니 새로운 동네를 취재한다고 여기면 어떨까. 글로벌 제약회사에 대한 잠입 르포 기사를 쓴다고 생각하면 마음이 좀 편안해지는 것도 같았다.

그런데 문제는 두려움이었다. '새로운 도전에 나섰는데 만약 실패한다면?' '지금껏 무슨 대단한 걸 이루지도 못했는데 무슨 실패를 운운한단 말인가.' 제대로 적응하지 못할 경우 최악의 시나리오는 회사에서 잘리는 것이다. 내 안의 두 사람이 끝도 없이 질문을 던지고 답했다.

"항구에 정박해 있는 배는 안전하다. 하지만 배는 그러라고 만들어진 게 아니다"라는 말이 있다. 아무리 거친 파도가 밀려와도 배는 드넓은 바다로 나아가 항해를 해야 한다. 나도 항구에 머무르지 않고, 어떤 풍파가 닥쳐올지 모르지만, 너른 바다로 나아가보고 싶다는 생각을 했다. 결국 나는 익숙함을 버리고 변화를 붙잡았고, 이를

32.

성장에 대한 동경이라고 이름하였다.

글로벌 제약회사로 일터를 옮겨 정부를 비롯한 다양한 이해관계자들을 상대로 일하게 되었다고 했더니 많은 분들이 '갑으로 살다가 을이 되면 쉽지 않을 것'이고, '기자 하다가 세상 나가 보면 찬바람 쌩쌩 불 것'이라고 했다. '잘 부탁한다'던 분들이 '살다가 어려운 일 생기면 주저 말고 연락하라'고 할 때, 앞으로 무슨 일이 펼쳐질까 두려웠지만 한편으론 설레기도 했다.

*

각오를 다졌지만, 기자가 마주하는 세상과 제약회사 직원이 마주하는 세상은 예상보다 훨씬 더 달랐다. 바뀌지 않은 것은 내 몸뚱어리와 내 이름, 내 마음뿐이었다. 변화와 도전에는 고통이 따르기에 선뜻 발을 내딛기 어렵다는 것을, 변화를 시도한 후에야 깨달았다. '새 직장에서 일할 만하냐'는 안부 인사들에 난 그저 웃었다. 이미 돌아올 수 없는 강을 건넜는데 일할 만한지 아닌지를 따질 상황이란 말인가. 새로운 현장에 뛰어들었을 때의 첫 마음은, 절박함이었다. 일단 살아남고 싶었고, 실은 잘해내고 싶었다.

처음 몇 주일은 소방 호스로 쏟아지는 물줄기를 정신없이 들이마시는 것 같은 시간들이었다. 같은 나라에서 같은 언어를 쓰건만 출근 첫날부터 회사 동료들의 대화를 알아들을 수 없었다. 새 직장에서는 PMS(시판 후 조사), OD(조직 개발), ONCO(항암제 팀), DERP(약제비 적정화 방안), ED(발기부전) 등의 암호 같은 단어들을 썼다. 처음엔 텃세를 부리는 게 아닐까 싶었는데 의학계가 그러하듯 제약회사도 그러했다. 약어를 정리한 족보를 구해서 출퇴근길 버스에서 형광펜으로 밑줄을 쳐가며 외웠다. 인생을 처음부터 다시 시작하는 느낌이 한편으로 신선하고 자극적이어서 좋기도 했다. 처음 며칠은 출근할 때마다 롤러코스터에 오르는 심정이었다. 안전벨트를 매고 롤러코스터에 몸을 맡긴 다음 미친 듯이 오르내리는 숨가쁜 하루를 보내다 보면 해가 저물었다. 태엽 감긴 인형이 하루 종일 정신없이 춤을 추다가 밤이 오면 기절하는 것 같은 시간이 이어졌다. 두 대의 휴대전화와 컴퓨터를 통해 이메일이 테트리스 게임의 벽돌처럼 쏟아졌다.

매번 다른 종류의 시험지를 손에 쥐는 것 같았다. 덕분에 지루할 새도 긴장을 늦출 새도 없었고 서서히 제약회사 직원의 삶에 익숙해지게 되었다. 시험지를 손에 쥐고 정답을 찾지 못해 쩔쩔매던 순간이 왜 없었겠나. 그러는 가운데 조금씩 앞으로 나아갔고, 과연 넘을 수 있을까 싶었던 벽이 저 멀리 등 뒤에 있는 것을 보며 성취감을 느꼈다. 신입 기자 시절의 열정을 다시 품고, 빈 캔버스에 그림을 그리는 것 같았다.

34.

*

"기자였을 때랑 뭐가 제일 다른가요?" "어떤 직업이 더 좋나요?"

백번도 넘게 들어본 이 질문에 나는 야구 경기에 비유해 답을 한다. 경기 중계나 해설, 판정만 하다가 타석에 직접 들어선 것 같았다고, 야구 방망이는 잡았는데 정작 공을 쳐본 적이 없다는 사실을 깨달았다고 말이다. 어느 방향으로, 어떻게 쳐야 할지는 오롯이 내 몫이다.

요즘도 많은 사람이 '나의 이직' 경험을 궁금해한다. 한 후배는 '이전 경력을 살려서 비슷한 업종으로 연봉을 올려 옮기는 것'을 이직이라 생각했단다. 그런데 선배는 바다에서 산으로 가듯 직업을 바꾸지 않았느냐고 말한다. 돌아보면 무슨 대단한 신념이 있어서가 아니라, 나 자신에 대한 믿음 하나만 가지고 불확실한 도전의 길에 나섰던 것 같다.

기자 일을 좋아했지만, 가끔은 '남들의 이야기'를 전하는 대신 '나의 이야기'를 쓰고 싶었다. 수많은 취재원이 전하는 세상과 그들의 인생을 중계방송하는 데에서 더 나아가, 부족하더라도 내가 주인공이 되어 하나씩 만들어가는 내 인생을 진하게 살아보고 싶었다. 그게 마음 깊이 자리 잡은 탓일까. 기자로서 이름을 알리고 인정받고 싶었지만, 좀 더 다른 환경에 나를 맡겨보면 어떨까 싶기도 했다.

막연한 불안감이 고개를 들기도 했지만 새로운 무대에서 주역을 맡아 치열하게 살아가는 모험을 하는 중이라고 생각하면 설레고 가슴이 뛰었다. 세상에 대한 호기심이 많아서 그럴지도 모른다. 나는 또 생각했다. '새로운 환경에서 새로운 사람들과 만나 새로운 일을 배우는 것만으로도 훨씬 풍요로워질 거야.' 다른 한편으론 '내가 기자도 해봤는데……' 하는 자기 위로와 자기 최면 같은 것도 없지 않았다.

이직을 고민하는 사람들에게 나는, 이직할 회사의 규모나 맡게 될 업무보다 더 큰 것을 보라고 말한다. 이직 자체에 지나치게 몰입하면 오히려 성급하게 결정하는 경우들이 있는 것 같다. 또 너무 겁이 나서, 익숙해진 것들과 이별하고 새로운 도전의 현장으로 나아가는 결정을 보류하고 싶어지기도 한다. 자신의 직업적인 여정에서 이 결정이 어떤 퍼즐 조각으로 자리매김할지, 더 넓은 안목으로 보면 오히려 그림이 선명해진다. 무대에 선 주인공인 나는 그대로이고 다만 배경과 조연 배우들이 바뀔 뿐이니까. 어떤 이유로, 그리고 어떤 마음으로 세상과 만나고 싶은지 확실히 아는 것이 더 중요하다.

이렇게 도전에 나선 회사에서 13년 반이나 일했고, 새로 옮긴 이 회사에서 일한 지 2년 반이 넘었다. 앞으로 내 경력에서 또 어떤 도전을 하게 될까. 지금 주어진 길을 열심히 걷다 보면 또 어느 날 새로운 문이 나타나겠지. 그때도 이 문을 열고 나가야 할지 말지 많이 고민하겠지. 하지만 그 문을 똑똑 두드리며 열고 나가야지. 문 너머의 세상에선 또 어떤 새로운 일이 펼쳐질지 모르는 법이니까.

나는 왜 이곳에 있는가

"좀 어리긴 하지만 쑥쑥 성장할 것으로 믿습니다."

"사실 세상의 빛을 보기까지 우여곡절을 참 많이 겪었는데 시장을 꽉 잡고 있는 기대주가 되었습니다."

회의 시간에 나오는 이야기들이다. 이야기의 주인공은 약이다. 그냥 하얗고 노랗고, 동그랗고 네모난 모양으로 다가왔던 약들, 사실 조금만 들여다보면 역정과 사연 구구절절하기는 우리네 사람들과 다를 바 없다. 이 녀석들이 어떻게 세상의 빛을 보았고 어떻게 살아왔으며 어떤 어려움을 겪었는지 알고, 또 어떻게 나아갈지를 생각해보면 약이나 사람이나 비슷하다는 생각이 든다.

세상에 처음 나왔을 때 똘똘한 제품으로 온갖 관심을 받았지만 임상시험에서 탈락해 묻혀버리는 약이 있는가 하면, 우여곡절 끝에 어렵게 허가를 받아 출시했는데 많은 환자들의 질환을 치료하고 시장에서 우뚝 서는 제품도 있다. '인생의 참 묘미는 반전'이라 했건만, 약의 세상에서도 이런 반전이 벌어지곤 한다. 제품을 마케팅하고 세일즈하는 사람들은, 제품들이 '좋은 인생' '행복한 인생'을 살도록 최선을 다한다. 험난한 여정이 예상되면 돌아가는 길을 택하기도 하고, 마음에 새긴 목표를 달성할 수 없으면 다른 대안을 마련한다. 특허가 만료된 후에도 시장에서 경쟁력을 유지하기 위해서는 철저히 설계하고 관리해야 한다. 게다가 약은 해당 지역의 정부 정책이나 시장 환경의 영향을 받는다. 같은 약이라도 다른 삶을 살게 되는 것이다.

화이자 뉴욕 본사 미팅에 갔다가 타임스퀘어 광장 앞 커다란 전광판에서 엠앤드엠즈 초콜릿 광고를 볼 때마다 그런 생각을 했다. 아, 초콜릿을 파는 회사에 다녔더라면 내 인생은 또 얼마나 달랐을까. 내가 일하게 된 회사는 약을 개발하고 만들어 파는 일을 한다. 처음 글로벌 제약회사에 와서 제품과 관련한 정부 정책들을 찾아보고, 정책을 개선해야 하는 이유를 공무원을 비롯한 이해관계자들에게 알리는 역할을 했다. 정부 정책 담당자는 일찍이 회사에 없던 자리였다. 새하얀 도화지에 그림을 그려가야 했다. 기자로서 세상을 만나서 많은 경험을 했다고 해도, 제약 분야는 공부를 해도 해도 낯설었다. 무엇보다 글로벌 기업 조직의 일하는 방식이나 시스템에 적응하느라 정신이 하나도 없었다.

*

글로벌 제약회사의 혁신 신약들은 정부 국민건강보험 체계 아래에서 보험 여부와 가격이 결정되기에 공공재적 성격이 짙다. 관련 질환들과 약제에 대한 정부 정책에 따라 환자의 치료 접근성은 물론이고 비즈니스의 성장이 좌우된다. 제 아무리 혁신적인 항암제나 희귀 질환 치료제가 나와도 보험권 안에 들어가야 환자들이 안정적으로 치료를 받는데, 정부로선 주어진 재정 환경에서 결정을 해야 하니 여러 질환과 약제 가운데에서 우선순위를 정해야 한다. 글로벌 제약회사의 정책 담당자들은 특정 질환과 약제에 보다 우호적인 환경을 마련하기 위해 의견을 개진하고 글로벌 본사와 정부 사이에서 논의하는 역할을 맡는다. 회사 비즈니스도 성장시킬 뿐만 아니라 환자들의 삶을 개선하고 궁극적으로 보건의료 향상에 기여한다는 점이 늘 새로운 각오로 무장하게 했다.

어느새 화이자에서 일한 지 3년째 되던 해, 아일랜드 더블린 출장의 마지막 날이었다. 아침 8시부터 회사의 야심작인 한 항암제 관련 미팅이 잡혀 있었다. 텅 빈 회의실에 도착하니 예닐곱 개 탁자에 노트와 볼펜, 물잔 들이 놓여 있었다. 사람들이 하나둘씩 모여들었다. 미팅을 마치고 바로 공항으로 갈 사람들은 작은 짐들을 들고 왔다. 본사에서 온 마케팅, 홍보, 정책 담당자가 파워포인트 슬라이드를 띄우고 발표를 시작했다.

한 생명이 세상의 빛을 보듯 신약이 개발되고, 이 약이 절실히 필요한 환자들을 치료하고, 회사는 R&D 투자 노력을 사업상의 결실로 맺어가며 세상에 기여하는 모든 과정…… 이를 두고 여러 나라에서 온 사람들이 머리를 맞대고 의견을 나누었다. 한두 시간 전까진 밋밋하기 그지없던 회의실이 무언가로 가득 채워지던 순간 미국의 한 중년 남성 이야기가 영상으로 흘렀다.

살 날이 얼마 안 남았기에 그는 회사와 본인이 속한 공동체와 이별할 준비를 하고 있었다. 그러다 뜻하지 않게 한 신약의 임상시험에 참여해 증상이 호전되어 제2의 삶을 얻게 되었다. 건강을 되찾아 아이들과 함께 뛰며 울고 웃는 모습이 화면에 펼쳐졌다. 이런 약제가 치료에 쓰일 수 있도록 각 마켓에서 허가를 받고 가격을 승인받고 정부를 설득하는 전략과 아이디어들이 오갔다. 약제는 한 가지였지만 이 약제가 놓일 환경들이 만들어낼 이야기는 수십 가지였다. '아, 내가 하는 일이 세상에 이런 작은 변화를 가져오는구나.' 가슴 속에 무언가가 번져가는 것 같았다. 그동안 나는 새로운 동네에서 이런 변화를 겪고 성장하고 있었구나, 만감이 교차했다.

나의 멘토이자 늘 힘이 되어준 선배에게 문자 메시지를 보냈다. '선배, 오늘 화이자에 온 지 3년 되는 날이에요. 더블린 출장 중에 항암제 회의에 들어와 있어요. 늘 함께해주셔서 감사드려요.' 답 문자가 바로 왔다. '성혜야, 더 멀리, 더 높이 훨훨 날아라.' 안 그래도, 암 환자 이야기를 보고 눈물이 핑 돌았는데 또 목울대가 뜨거워졌다.

마침 이날 6월 16일은 아일랜드 소설가 제임스 조이스를 기리는 '조이스 데이'란다. 길거리엔 그가 쓴 소설 『더블린 사람들』과 『율리시스』의 주인공들로 분장한 사람들이 퍼레이드를 하고 있었다. 사람들에게 다가가서 자신이 누구인지 소개도 했다. 칼칼한 바람이

부는 유럽의 6월, 이날을 영원히 내 마음 속에 저장해두어야지. 또다시 더 멀리, 높이, 훨훨 날기 위해서.

*

뉴욕 본사에서 파견 근무를 할 때다. 지금은 화이자 CEO가 된 본사의 리더가 '목적이 이끄는 마인드셋(mindset)'을 두고 하는 이야기를 가까이에서 들었다. 그는 미국 대통령이 미국항공우주국(NASA)을 방문했을 때 어느 청소부를 만난 일화를 소개했다. "여기서 무슨 역할을 하고 있느냐"는 대통령의 질문에 청소부가 답을 했는데 의외였단다. "사람을 달에 보내는 일을 돕고 있습니다." 우리는 어쩌다 지금 이 일을 하게 되었고, 왜 하는 것일까.

지난해 방콕에서 열린 리더십 미팅. 주제는 '디스 이즈 와이(This is Why)'였다. CEO를 비롯한 글로벌과 아시아태평양 지역의 리더들이 이 이유에 대해 끝도 없이 이야기를 나눴다. 환자였다가 건강을 되찾은 회사 동료와 우리 회사의 혁신적 의료 기기로 치료받고 쾌유한 환자들이 나와서 생생한 경험담을 전해주었다. "저는 정말 죽을 고비를 넘겼습니다. 지금도 평범한 일상의 아침, 피트니스 클럽의 러닝머신에서 뛰다가 정신을 잃었던 날의 기억이 생생합니다. 1년이 지난 지금, 이렇게 건강한 몸으로 여러분 앞에 있습니다. 당신들 덕분에 얼마 전 막내아들의 고등학교 졸업식에 참석하고 첫째 아들과 풋볼 게임에 갈 수 있었어요. 여러분이 하는 일상 업무가 세상에 얼마나 놀라운 변화를 가져올 수 있는지 절대 잊지 마세요." 그들은 무대를 뛰어다니다시피 하며 목청을 높여 말했다.

우리 대부분은 매년 매 분기 달성해야 하는 목표를 염두에 두고 쳇바퀴를 돌듯 분주히 살아간다. 삶은 늘 햇살 비치는 평온한 상태가 아니어서 비바람이 몰아치고 장대비가 쏟아져 고통스러울 때도 있다. 한데 지금 몸담고 있는 이 업을 통해 내가 세상에 의미 있게 쓰인다는 사실을 알고, 가슴에 새긴다면 얘기는 달라진다. 나 자신을 돌이켜봐도 그렇다. 신약의 국내 출시를 위해 밤에는 글로벌 팀과 가격을 두고 씨름하고, 낮에는 정부와 협상하면서 어깨가 너무 무겁고 피곤할 때도 많았지만 내가 하는 일이 가져올 변화를 생각하면 가슴이 뛰었다. 앞이 안 보이는 프로젝트를 몇 년에 걸쳐 포기하지 않고 이끌어가거나 피곤한 일상을 뒤로하고 자부심으로 재무장할 수 있었다.

해답은 '왜(Why)'에 있었던 것 같다. 기자가 되고 싶었던 이유는, 설령 막연한 희망에 불과했는지 몰라도, 세상에 의미 있는 좋은 일을 하고 싶었기 때문이다. 글로벌 제약회사에 와보니 또 다른 모습으로 같은 길을 걸어가고 있는 것 같았다. 솔직히 헬스케어 분야에 와서 이렇게 오래 일하게 될 줄은 정말 몰랐다. 그랬더니 친한 선배가 한 말씀. "도덕적 자신감을 주는 일이잖아. 너 기자 일 할 때도 그렇지 않았니?"

사람의 생명과 건강에 직결돼 있는 바이오 헬스케어 업종이기 때문에 이 일이 특별히 중요하다고 강조하는 것은 아니다. 세상 어떤 종류의 일이라 하더라도, 대통령을 만난 미국항공우주국의 청소부가 말한 것처럼 소중하고 값진 의미가 담겨 있다. 내가 일하는 이유와 이 일이 가져올 세상의 변화를 명확히 깨닫고 거기에 담긴 가치로 무장하면 성취감과 보람이 커진다. 개인의 이런 동력이 모여서 회사는 비즈니스 목표를 달성하고 더 좋은 회사로 성장할 수 있다. 바로 그래서 우리 각자의 '이유'를 찾아보라고 독려하는 것이다.

화이자 재직 시절, 한번은 뉴욕 맨해튼에서 열린 희귀 질환 환자들과의 미팅에 참석했다. 작은 미팅 룸 가득 환자들과 환자들의 목소리를 전하는 환자 단체 관계자들이 모여 있었다. 회사에서는 우리가 일하는 이유를 '환자들의 건강을 되찾아주고 질병을 치료'하기 위해서라 말하고, 나 역시 이 업에 몸담고 있는 사람들을 통해 수많은 환자들의 사연을 들었지만, 한 방에 그렇게 많은 환자들이 함께 있는 상황에 가슴이 먹먹했다. 나 역시 언제든지 환자가 될 수 있고 또한 환자의 가족이 되어본 사람으로서 그날의 느낌은 좀 더 강렬했다. 숙소로 돌아오는 길에 내가 하는 일을 훨씬 더 진지하게 생각해볼 수 있었다.

지난해 방콕 출장을 앞두고 참석자들은 각자의 '왜'에 대한 단상을 미리 보내달라는 요청을 받았다. 미팅 안건과 정보를 담은 앱에 연결하니 내 사연이 내가 그린 그림과 함께 업로드되어 있었다.

"암에 걸린 엄마와 뜻하지 않은 작별을 해야 했다. 당시 엄마 나이는 50세였다. 누가 나한테 어떤 역할을 하느냐고 묻는다면, 감사하게도 환자와 가족들이 건강하게 살도록 돕는 회사에서 일하면서 보다 많은 가정의 아이들이 엄마와 이별하는 슬픔을 줄이는 업무를 한다고 말하고 싶다……." 이것이 내가 이 일을 하는 '왜(Why)'이다.

회사는 혁신으로 미래를 설계한다

"숨이 막히는 것 같았어요."

2021년 8월 독일의 생명공학 기업 바이오엔테크의 공동 창업자인 외즐렘 튀레지는 TED와의 인터뷰에서 지난 18개월의 시간을 이 한 문장으로 표현했다. "이미 팬데믹 속으로 들어왔는데 앞으로 어떻게 전개될지 알기 어려워서 단 하루도 낭비할 수 없는 긴박한 상황이었어요." 바이오엔테크는 10년이 넘는 세월 동안 mRNA를 이용해 항암제를 연구하며, 학계에선 주목하지 않았던 이 기술에 대한 확신을 굳혀왔다. 괴짜로 취급받던 튀르키예 이민자 출신의 외즐렘 튀레지와 우우르 샤힌 부부의 뚝심 있는 연구 덕에 코로나 백신이 세상의 빛을 보았다. 실험실 가운을 입고 결혼식을 올린 이들 부부에게 삶의 중심은 '과학과 환자 치료를 어떻게 연결할 것인가'에 있었다.

이 이야기는 혁신의 의미를 두고 여러 가지 생각을 하게 한다. 사전에서는 '혁신'을 '묵은 풍속, 관습, 조직, 방법 따위를 완전히 바꾸어서 새롭게 하는 것'이라 정의한다. 이민자에 대한 편견에 시달리고 학계의 비주류였던 이들의 노력이 없었다면 과연 인류가 지금처럼 평온한 삶을 되찾을 수 있었을까? 내가 몸담고 있는 바이오 헬스케어 산업의 혁신은 이렇듯 절실함과 갈망에서 출발하고, 이 혁신의 결과물은 환자와 가족에게 희망의 빛줄기가 된다. 이 산업은 이런 사명감을 바탕으로 엄청난 자금과 시간을 투자한다.

또 이런 노력을 지속하기 위해 자신들이 이루어낸 혁신의 가치를 인정받고자 한다. 이 산업의 공공재적 성격이 강조되다 보니 혁신의 가치를 논하면 이를 상업적인 목적으로 해석하는 이들도 있다. 그렇지만 경제학 이론이 말해주듯 생산자와 소비자, 양쪽의 가치가 균형 있게 증대되어야 또 다른 혁신을 시도할 수 있는 것이다.

*

출장길에 싱가포르 국립미술관에서 중국 작가 류궈숭(劉國松)의 〈방법으로서의 실험(Experimentation as Method)〉이라는 전시를 보았다. 힘이 넘치는 붓질로 파도와 산을 표현한 전통 중국 수묵화풍 작품들부터 알록달록한 빛깔로 지구와 달을 표현한 팝아트풍의 작품에 이르기까지, 작품은 변화무쌍했고 규모가 대단했다. 작가는 다른 재질을 사용해 다른 질감을 표현했을 뿐 아니라 자신만의 방식으로 제작한 특수 한지에 전통과 현대를 녹여 작품을 완성해왔다.

마침 전시실에서는 90세가 넘은 백발의 작가 인터뷰 동영상이 흐르고 있었다. "영혼의 문명은 아티스트들이 만들지만, 물질의 문명은 과학자들이 만듭니다. 누군가는 새로운 가설, 이론을 끊임없이 제시하고 실험해야 하지요. 저에게 작업실은 새로운 시도를 하는 실험실이나 다름없습니다." 나는 문득 이 대가의 말과 작품에서 헬스케어에서 말하는 혁신을 떠올렸다.

혁신의 과정에서 소비자에 대한 배려와 감동이 더해지면 금상첨화다. 『마스터피스 전략』에는 이렇게 적혀 있다. "사람들은 보통 걸작품을 접할 때, 아름다움과 감동을 느끼게 된다. 예술의 힘이 기술과 접목하여 제품에 녹아들 때 그 제품이나 서비스는 감정이나 생각을 전달할 뿐 아니라, 그 제품을 소비하는 사람들을 단순 소비자가 아닌 그 제품의 팬덤 혹은 자발적 전파자로 만든다." 창의성과 상상력을 기반으로 한 혁신이, 감상자나 소비자가 세상과 밀착하게 하는 경험을 제공한다는 면에서 예술 작업과 혁신은 결이 비슷하다.

내가 지금 몸담고 있는 바이오 헬스케어 분야는 인간의 삶에 가장 중요하고 절실한 순간들에 연결돼 있어서 치료 효과를 높이기 위한 노력이 곳곳에서 벌어지고 있다. 이전에는 상상도 못 했던 희귀 질환 치료제를 개발하는 혁신의 여정에 우리의 생존이 달려 있다. 부상으로 한쪽 팔을 잃은 사람에게 로봇 팔은 단순히 기능적인 결핍을 메워주는 도구가 아니다. 삶을 이어갈 동기를 부여하는 의미를 가진다.

'혁신'이라는 단어를 귀가 따갑게 듣다 보니 개념에 대해서도 이런저런 생각을 해보게 된다. 노벨상 후보로 고려될 정도로 놀라운 혁신성만을 말하는 게 아니다. 불편을 감수하고 평소 생활과 사고 방식이라는 안전지대에서 벗어나는 것은, 새로운 시각과 사고로 나아간다는 점에서 혁신의 범주에 들어간다. 다양한 사람들의 모습과 목소리를 포용할 때, 혁신의 씨앗이 심어지고 꽃을 피워갈 토대가 마련된다. 현재 내가 몸담고 있는 존슨앤드존슨의 CEO는 "우리는 혁신의 근간이 되는 회사이고, 다양성은 혁신의 뿌리"라며 "이 다양성을 포용하는 문화는 새로운 아이디어를 여는 문"이라고 말한다.

*

글로벌 기업으로 옮기고 나서 처음에는 다양성과 포용성이 다양한 인간의 특성을 이해하고 공감해야 한다는 기업 문화에 방점이 찍힌 개념인 줄 알았다. 그런데 이는 기업 문화 차원에서 '좋은' 것을 넘어 혁신과 성장을 도모하는 비즈니스 차원에서 '유리한' 것이다. 다양한 목소리와 견해에 귀를 기울이는 조직들은 혁신하고, 리스크를 감수하고, 창의적으로 문제를 해결하고, 실패를 딛고 일어서고, 도전 과제를 기회로 바꾸는 과정을 통해, 자신들만의 차별화된 경쟁력을 보유하게 된다.

회사들마다 "변하지 않으면 죽는다"면서 혁신을 모토로 삼은 지

오래지만, 정작 참신하고 새로운 아이디어가 나오지 않아 치열하게 고민한다. 화이자는 한때 전 사적으로 '거침없이 도전하기(Dare to try)' 프로젝트를 진행했다. 당시 나는 한국에서 이 프로젝트의 챔피언이 되기도 했다. '거침없이 도전하기'는 혁신과 성장을 위해 다양한 시도, 다양한 목소리 듣기, 다양한 사람들의 참여를 극대화하여 말 그대로 '과감한 시도'를 해보자는 것이었다.

아예 본사에서 배포한 교육과정이 있어서 이를 배우는 미팅이 세계 각지에서 열렸고, 참석자들이 각 마켓으로 흩어져 이 워크숍을 이끄는 식으로 운영되었다. "한 번도 써보지 않은 뇌를 써봅시다." "이 아이디어가 이래서 안 되고 저래서 안 된다고 하지 마세요. 우리에게 불가능은 없습니다." "실패를 두려워하지 맙시다. 실패로부터 배우면 엄청난 결실이 됩니다." "편안하고 익숙한 것과 결별합시다. 자, 준비되셨지요?"

딱딱하게 굳은 기존 사고방식과 결별하고 뇌 구조를 야들야들하고 부드럽게 만들기 위한 이 교육은 방식부터가 달랐다. 진행자가 참석자들을 춤추게 한다든지, 옆에 앉은 짝꿍과 얘기를 나누다가 눈을 감고 상대방 얼굴을 스케치해보게 하는 신기한 방식들이 동원되었다. 한 참석자가 "우린 태생적으로 규제 산업에 속하는데, 이런 걸림돌을 이 논의에 어떻게 녹여낼 수 있느냐"라고 하자, 진행자가 "아무 말 대잔치라도 좋으니 생각나는 아이디어를 다 끄집어내보라"라고 했다. 이런 접근 방법을 대체 언제 경험해보겠나. 매일 책상머리에 앉아서 '혁신적인 아이디어를 내놓으라'고 할 때와 확실히 달랐다.

혁신을 논의하는 자리에서 의외로 자주 등장하는 단어가 '실패'였다. 우리 모두는 무언가를 이루어내 성공하고 싶어 한다. 실패는 원치 않는다. 그러나, 혁신의 반대는 실패가 아니다. 그럼에도 우리는 종종 성공과 실패를 두고 에너지를 소비하여 더 이상 나아가질 못한다. 글로벌 기업에선 의도적으로 '실패로부터 배우는 경험'을 강조한다. 경영 회의를 할 때마다 전체 시간의 반 정도를 할애해 최근의 실패와 여기서 얻은 교훈을 이야기하게 하는 회사들도 있다고 한다. 아마존의 창업자 제프 베조스도 실패를 잘 받아들이는 사람으로 유명한데, 주주들에게 "실패와 발명은 떼려야 뗄 수 없는 쌍둥이와 같다"고 말했다.

※

글로벌 바이오 헬스케어 분야에서 혁신을 위해 주목하는 또 하나의 화두가 있다. 바로 '개방성'이다. 보통은 자기가 개발한 기술을 꼭꼭 숨기고 남들과 공유하지 않으려 한다. 그런데 이 분야에서 대부분의 제품은 기획부터 탄생까지 광범위한 영역의 기술과 조직, 인력이 투입된다. 한 회사가 오롯이 모든 개발 과정을 책임지기란 불가능하다. 내부뿐 아니라 외부 연구소, 벤처기업 더 나아가 국가에 이르기까지 끊임없이 손잡고 협업하는 것이 지속적인 생존에 가장 중요한 요소다. 싫든 좋든, 마음에 들든 안 들든 모두를 상대로 힘을 모아 최선의 결과물을 내놓아야 한다.

그러니 회사 CEO부터 나서서 '협업은 혁신의 핵심'이라고 강조하며 다양한 파트너들과의 유기적인 협업이 혁신 약제와 혁신 메디컬 테크놀로지 개발에 필수라는 점을 강조한다. 팬데믹을 겪으면서 글로벌 헬스케어 회사들에는 개별 회사만의 노력으로는 불가능하고 전방위적인 개방형 혁신, 즉 오픈 이노베이션을 통해 목표를 이룰 수 있다는 인식이 완전히 자리 잡았다.

코로나의 빠른 종식에 크게 기여한 화이자가 1년도 안 되는 짧은 기간에 백신 개발을 끝낼 수 있었던 비결은 mRNA 원천 기술을 가진 무명의 바이오엔테크란 회사와 개방적인 태도로 긴밀하게 협업한 데 있었다. 화이자는 이런 경험을 토대로 오픈 이노베이션 사업을 확대했고, 외부와 협력하거나 외부에서 조달한 제품이 전체 포트폴리오에서 차지하는 비중이 약 40퍼센트까지 늘었다고 한다.

오픈 이노베이션은 미국 버클리 대학의 헨리 체스브로(Henry Chesbrough) 교수가 2003년 처음 제시한 개념이다. 기업이 연구·개발·상업화 과정에서 내부 자원을 외부에 공개하고 공유함으로써 혁신에 필요한 기술과 아이디어를 대학과 연구소 혹은 다른 기업에서 끌어오는 방법을 뜻한다. 기술혁신 경쟁이 치열해지면서 시장을 압도할 만한 혁신을 한 기업이 모두 감당하기가 힘들어져서 개방적인 혁신 기법이 유행하게 되었다.

이렇다 보니 국가 차원에서도 바이오 헬스케어 분야의 패권을 잡기 위해 전폭적인 관심과 지원을 아끼지 않는다.

바이오 헬스케어 산업에서 미국 매사추세츠주의 보스턴 바이오 클러스터는 역동적인 생태계로 정평이 나 있다. 2023년 봄, 출장을 가서 '지구상에서 가장 혁신적인 1마일 스퀘어'라고 불리는 보스턴의 켄달 스퀘어 지역을 찾았다. 말 그대로 하버드, MIT 같은 명문 대학교를 비롯해 대형 종합병원과 연구소, 수많은 글로벌 바이오테크 기업 들이 모여 아이디어를 나누며 협업하고 있었다. '바이오테크의 실리콘 밸리'가 따로 없었다. 우리의 삶에 지대한 변화를 초래하고 무궁무진한 발전을 이루어내는 혁신의 꽃도 개방형 협업 위에서 피어나는 셈이다.

모두가 코로나 백신을 절실히 기다렸듯이 25년 전 나도 어떤 치료제가 당장 나오기를 간절히 바랐다. 내가 그토록 바라던 그 치료제는 지금 계속 개발돼 환자들을 살리고 있다. 그때 치료제가 있었다면 지금의 내 삶은 얼마나 달라졌을까. 혁신은 단순히 기술의 진화에 국한한 의미가 아닌 것이다. 혁신은 지금까지 없던 것을 만들어 세상을 바꾸는 숭고한 작업이자 우리 모두의 간절함을 메워주는 희망의 등불이다.

2장

글로벌 기업은 어떻게 일을 하는가

프레젠테이션,

'나의 이야기'를 관객에게 전하라

"자, 무대로 올라오세요. 자신감이 제일 중요해요. 크게 심호흡을 하고……. 시선을 저 멀리로 한번 훑어주고, 이 극장에서 가장 중요한 관객이라 여기는 분을 의식해보세요."

서울 동숭로 한 소극장에서 '전략 프레젠테이션'이라는 1인 수업을 받을 때다. 덕분에 난생처음 커뮤니케이션 전문가와 연극배우에게 연기 지도를 받았다. 무대에 오른 5분 동안 내게 주어진 대사는 딱 세 문장. "안녕하세요." "늦어서 죄송합니다." "일단, 점심이라도……." 미팅에 늦은 직장인이 평소 그를 탐탁지 않아 하던 상사 앞에서 당면 위기를 모면하는 상황극이다.

이런 곤란한 입장을 몸동작과 표정, 시선을 이용해 효과적으로 전달하는 것이 이날의 과제였다. "연극은 입을 여는 순간이 아니라, 무대에 오른 순간부터 시작됩니다. 지금 말은 상대 배우에게 하고 있지요? 하지만 잊지 마세요. 이 불편한 상황과 느낌을 전달할 진짜 대상은 관객입니다!" 상황에 대한 이해, 진정성, 전략과 테크닉을 다 동원해야 하는 일종의 퍼포먼스였다.

*

일터에선 밤낮없이 프레젠테이션이 벌어지고 수많은 사람들은 시간과 열정을 쏟아 준비를 한다. 나가서 일을 해야지 프레젠테이션

만드는 데 시간을 다 쓰는 게 아닌가, 싶을 때도 있지만 프레젠테이션에 비즈니스의 전략도 목표도 성적표도 다 담겨 있는데 어찌 이걸 일이 아니라고 할 수 있겠나. 다양한 프레젠테이션을 접하다 보면, 문득 무대에 올린 연극과 비슷하게 느껴진다. 비즈니스 전쟁의 결과물이 숫자 형식으로 고스란히 담겨 있다는 점에서 허구인 연극보다 오히려 더 생생하고 강렬하다.

*

170곳이 넘는 마켓에서 비즈니스를 하는 글로벌 기업에서 슬라이드 자료를 담은 프레젠테이션은 서로를 이어주는 끈이요, 성장을 이뤄나가는 열쇠다. 자신이 발표를 하고 남의 발표를 듣는 일은 업무나 직책, 국가와 마켓을 가리지 않고 전방위적으로 일어난다. CEO는 지난 분기의 사업 실적을 직원들 앞에서 발표하고, 지역 대표들은 자신이 맡은 마켓의 직원들에게 올해의 주요 전략 과제를 발표한다. 지사에선 본사에 성과를 보고하기 위해 혹은 본사로부터 더 많은 예산을 확보하기 위해 발표를 한다. 또 발표를 통해 비즈니스 결산 보고를 하고 자신과 소속 조직의 역량을 평가받는 기회도 얻는다.

프레젠테이션이야말로 살아 움직이는 비즈니스이자 비즈니스 커뮤니케이션의 정수이다. 연극이나 오페라 무대에선 전하고 싶은 메시지를 관객에게 전달하고 나면, 이후의 감상은 오롯이 관객의 몫이다. 비즈니스 전쟁의 산물인 프레젠테이션은 감동을 전하는 데 그치지 않고 전달한 메시지가 마켓이나 로컬의 경우 지역 대표자의, 지역의 경우 글로벌 대표자의 인정과 지지를 끌어내야 하며, 전략이나 방향성의 '변화'를 통한 사업 성과로 이어져야 한다.

글로벌 비즈니스 현장에서 전략적이고 설득력 있는 커뮤니케이션 능력은 단순한 업무 능력이 아닌, 당사자의 중요한 역량과 경쟁력으로 통한다. 본사 고위 임원 앞에서 비즈니스 전력을 보고하고 승인받기 위해 파워포인트 슬라이드로 전달하는 프레젠테이션은 물론이거니와 지구 반대편에 있는 동료와 하는 전화 회의, 새로 부임한 글로벌 팀과 지역본부 사람들과 나누는 대화조차도 한 개인의 커뮤니케이션 역량과 맷집을 선보이는 무대가 된다.

프레젠테이션은 결국 나의 스토리를 셀링(selling)하는 작업이다. 모국어가 아닌 언어로, 저 멀리에서 온 다양한 국적과 문화를 배경으로 한 사람들 앞에서 발표해야 하니 모두들 차별화된 멋진 스토리(story)를 만들려고 애쓰고, 이 스토리를 잘 전달하기 위한 텔링(telling) 실력을 갈고닦느라 분주하다. 복잡한 내용일수록 쉽게 전해야 한다. 자기 나라의 보건의료 체계를 설명할 때는 국기 그림을 내세워 다른 나라 사례들과 비교해주고, 이것이 우리 비즈니스에 미칠 영향을 빨강, 노랑, 초록 같은 다양한 색으로 구분하여 드러낸다. 이 과제를 달성하기가 얼마나 어려운지, 달성했을 때 생길 비즈니스 효과는 얼마나 큰지를 그림과 그래프에 모두 담는다.

나도 금연 정책과 관련한 우리 팀의 노력에 대해 토양에 씨를 뿌리고, 물을 주고, 이어 푸른 이파리가 고개를 내밀고, 풍성한 식물로 자라나는 식으로 챕터를 나누어 발표했었다. 한국 마켓의 성공 사례를 보스가 CEO 앞에서 발표하게 되었을 때, 다섯 가지 아이템을 설명하면서 '다섯 개의 모자' 콘셉트로 준비한 적도 있다. 프레젠테이션 맨 앞장에 모자 다섯 개를 그려 넣었고, 슬라이드 한 장에 모자 한 개씩을 그려 넣어 구체화했다. 심각해질 수 있는 비즈니스 발표장에서 우리나라의 성공 사례를 좀 더 창의적이고 강렬하게 각인시키려고 알록달록한 모자를 등장시킨 것이다.

*

직원들의 이런 역량을 강화하도록 회사 역시 노력과 지원을 아끼지 않는다. 미국 보스턴에서 온 연극배우 출신의 미국인 코치에게 '리더십 존재감(Leadership Presence)'이라는 주제로 코칭을 받은 적이 있다. 조직에서 리더의 존재감을 높이려면 진정성, 공감 능력, 열정을 최대한 끌어내야 하고 이를 말과 행동, 눈빛과 몸짓으로 표현해야 한다는 내용이었다.

첫 세션에서는 각자의 삶을 다른 사람들과 나누는 훈련을 했다. 연극배우 출신답게 코치는 "자기 인생 중 가장 특별한 순간을 골라서 당시의 상황, 감정을 충분히 끌어내 연기하라"며 큐 사인을 줬다. 언뜻 보면 연기 수업 같은데 사실은 개인사를 나눔으로써 직원들과 더 많이 공감하고, 연극적인 요소를 통해 설득력과 영향력을 높이기 위한 리더십 커뮤니케이션 수업이었다.

인터뷰나 프레젠테이션 관련 교육 프로그램에서는 발표 장면을 비디오로 촬영해 전문가의 컨설팅을 받기도 한다. 내 발표를 들을 사람들의 얼굴을 패널에 그려시 세워놓고 리허설 연습을 해본 적이 있다.

한번은 일본 도쿄에서 열린 워크숍에서 뉴욕에서 온 동료가 입을 열었다. "자, 아주 오랜 옛날, 이런 회사가 있었답니다. 그런데~"로 시작한 5분짜리 발표는 "그래서, 오래오래 행복하게 잘 살았답니다"로 마무리되었다. 애니메이션 회사 픽사의 스토리 구성 방식인 '옛날에, 매일, 어느 날, 그래서, 마침내'와 같은 구조를 응용한 것이다.

얼마 전 싱가포르에서 열린 글로벌 미팅 중 설득력 강화를 위한 커뮤니케이션 워크숍이 열렸다. 우리 부서가 최근 진행했던 일이 우수 사례로 뽑혀 발표할 기회를 얻었다. 출장을 떠날 때까지 발표 슬라이드를 마무리하지 못했는데 특히 발표의 시작과 끝을 장식할 그림을 준비하지 못했다. '스토리텔링을 완성하는 데 그림이 큰 요소를 차지하는데……', 막판 벼락치기라도 하자 싶어 꽉 찬 트렁크에 오일 파스텔 상자를 챙겨넣었다. 비행기가 이륙하자마자 검은색 종이 위에 알록달록 그림 작업을 하고 있으니 승무원들이 와선 "대체 어디에 쓸 그림이냐"며 궁금해 했다.

서로 다른 입장에 선 두 당사자를 빨강과 파랑으로 표시해 두 왕국이라 표현하고, 그 둘이 협업하여 만들어가는 과정을 빨강과 파랑 열매들이 함께 뒤섞이면서 커가는 나무로 표현했다. 워크숍 당일, 우리 팀은 동영상은 물론이고 그림까지 동원한 탄탄한 스토리텔링으로 큰 박수를 받았다. 이날 워크숍 진행자가 나눈 스티브 잡스의 말이 눈을 사로 잡았다. "세상에서 가장 영향력 있는 사람은 스토리텔러입니다."

프레젠테이션 역량을 강화하려고 연극 무대에서 코칭 수업을 받았다거나 관련한 워크숍을 연다고 하면, 국내 회사에 다니는 지인들은 신기하다는 반응을 보인다. 당시 내가 맡은 역할이 회사를 대표하여 정부와 미디어, 환자 단체와 협상하고 대화하는 것이라 필요한 일이기도 했지만, 조직이 직원을 상대로, 직원이 조직을 상대로, 혹은 다른 마켓 사람들끼리 전방위로 상대의 인정과 지지, 동의를 구해야 하는 조직 풍토에서는 이 역량이 더 강조되는 것이 사실이다. 글로벌 기업에서 각 마켓의 직원들은 한 국가의 대표선수로 일하고 있기에 조직 안팎에서 효과적으로 소통하는 것은 개인을 넘어 글로벌 조직의 경쟁력이 된다.

『파워 프레젠테이션』의 지은이 제리 와이즈먼은 자신의 책에서 "프레젠테이션은 나에게 집중할수록 실패한다. 청중(you)에게 집중해야 한다"고 말했다. 사실은 회사 밖 청중만 있는 게 아니라 회사 안 청중도 있다. 오늘도 지구 반대편에 사는 사내 청중 앞에서 할 발표를 준비해야 한다. 세일즈맨만이 고객의 마음을 사기 위해 노력하는 게 아니다. 글로벌 기업 직원은 이 시각에도 상대방을 설득하고 마음을 사서 영향을 미치기 위해 프레젠테이션을 하는 중이다.

위기관리, 미래를 예측하는 방법

대학생 때 한 방송국에서 북한 사회와 문화를 다룬 프로그램의 리포터로 1년 반 정도 일했다. 어느덧 25년 세월이 흘러 쟁점이 된 항암제 회사를 대표해 같은 방송국의 시사고발 프로그램에 출연하게 되었다. 제목은 '목숨 걸린 약값 싸움'이었다. 마음도 어깨도 무거웠지만 성심성의껏 인터뷰에 응했다. 겉으론 특정 환자 단체와 회사가 대립각을 세우는 것처럼 보였지만, 배경에는 항암제의 환자 접근성을 둘러싼 복잡하고 어려운 구조적 문제들이 있었다.

암이라는 질병을 극복하고 더 많은 환자들이 하루빨리 치료를 받아야 한다는 데 이견이 있을 수 없다. 다만 문제 해결 방법에 있어서 견해 차이가 있었다. 이런 다양한 이해 당사자들의 입장들이 심도 깊게 다뤄졌다. 나중에 방송을 보니, 항암제로 치료를 받아야 하는, 일분일초가 급한 유방암 환자의 가슴 아픈 사연이 프로그램의 시작과 함께 소개됐다. 내 인터뷰 장면은 정작 눈에 잘 들어오지도 않았다. 암으로 엄마를 하늘나라로 떠나보낸 딸과 제약회사 입장을 대변하는 임원이 오버랩되었다.

우리는 코로나 팬데믹이라는 상상도 못 했던 경험을 하면서 다가올 위기를 예측하고 대응책을 마련하는 위기관리 안테나를 갖게 되었다. 기업에게 위기관리란 뜻하지 않은 상황에 대비해 조직적으로 상시 가동하는 '예방 백신' 같은 개념이다. 과거 신문이나 방송을 통해 특정 회사의 소비자 대응이나 방침에 대한 문제 제기를 접할 때 나는 이런 반응을 보였다. "아니, 소비자가 봉인가? 나쁜 사람들 같으니라고." 그런데 회사에서 대외협력 업무를 맡고 위기관리를 담당한 지 몇 년이 지나자 생각이 조금 달라졌다. "아, 저 회사는 지금 발칵 뒤집어졌겠구나. 홍보팀 사람들이며 다들 비상시국이겠네." 동병상련의 심정일까. 언론사에서 사건 사고를 좇아 정신없이 뛰다가 사기업으로 이직할 때, '삶이 조금 무료해지면 어쩌나' 하는 생각을 잠깐 했었다. 매순간 다양한 잣대로, 외부의 평가를 받아야 하는 비즈니스의 속성을 잘 모른 탓이었다.

*

겉으로는 조용해 보여도 비즈니스 현장은 늘 시끌시끌 소란스럽다. 예상치 못한 수많은 문제가 안팎에서 터지고, 이를 해결하고 조정하기 위해 전략을 짜고, 이런 과정에서 조직 안팎의 관련자들과 합의를 끌어내고 실행하는 작업이 끝도 없이 진행된다. 그러다 보면 눈덩이처럼 불어난 것 같은 이슈들의 몸집이 줄어들었거나 어느덧 해결이 되어 있다. 현장에서 펄펄 날던 기자 못지않은 긴장감과 묵직한 느낌이 따라다닌다. 정책과 홍보 담당자들은 "우리 일은 뭘 만들어내는 게 아니라, 어떤 일이 일어나지 않게 하는 것인지 모른다"라고 말하기도 한다.

70.

기업에서 직면하는 위기는 대부분 회사의 명성과 밀접하게 연결되어 있다. 사안 자체가 심각할 때뿐 아니라 왜곡되었을 때는 물론이고 내부에서 벌어진 일에 대한 외부의 시각과 해석만으로도 회사는 위기를 맞는다. 헬스케어 영역은 어느 산업보다 엄격한 규제에 맞닥뜨린다. 이들 기업에 기대하는 사회적 기준 역시 높다. 글로벌 기업의 경우, 한 나라에서 일어난 일이 국경을 넘어 다른 나라에까지 영향을 주다 보니 평판 관리에서도 글로벌 네트워크를 가동해 조직적으로 움직인다. 시스템으로 대응할 수 있도록 규정이나 지침을 세워놓고 조직과 개인이 따르도록 한다. 동시에 수많은 마켓에 존재하는 현지 상황이나 국민적 정서 등의 여러 변수를 고려한다.

　나도 예상치 못한 여러 위기에 직면하며 대처해왔다. 세계적으로 이름이 알려진 글로벌 기업과 제품들이다 보니 회사는 물론이고 조직에 속해 있는 나의 책임감과 무게감도 남달랐다. 환자의 생명과 건강과 직결되어 있으니 제품의 안전성과 효과성 면에서도 행여 일어날지 모를 수많은 상황을 예견하고 미리 준비한다. 다른 나라에서 벌어진 부작용 관련 보도로 우리 팀이 비상상황을 맞은 적이 있고 소셜미디어에서 한 직원이 예민한 사안을 두고 '좋아요'를 클릭했는데 일이 눈덩이처럼 불어나 커다란 위기로 번지기도 했다. 항암제 급여 관련한 예상치 못한 일로 새벽 3~4시에 잠 못 자고 뉴욕에 있는 팀들과 전화 회의를 계속한 일도 기억난다.

회사 입장으로 내보내는 한줄 한줄은 모두 글로벌 팀과 지역본부 직원을 비롯한 수많은 관련자들과 논의해 승인받은 것이다. 밤에는 회사 안에서 수많은 전략 회의를 거쳐 의사결정을 한 뒤, 낮이 되면 회사 바깥에서 사람들을 설득하고 입장을 전달해야 하는 일들은 너무 힘들었고 다시 하고 싶진 않지만, 한편으로 그런 일들을 통해 나 자신을 낮추며 많이 배웠다.

　　"좋은 비즈니스는 좋은 기업에서 나온다." 한 지식경제 포럼에서 들은 말이다. 내가 좋은 사람이 되면 상대방이 내 말을 신뢰하고 들어주듯이 회사도 그러하다. 좋은 기업이라고 위기를 맞지 말라는 법은 없다. 하지만 평소 좋은 기업을 지향하고 유지한다면 좋은 비즈니스 기회를 얻고 위기에 능숙하게 대응할 가능성도 높아질 것이다. 구글은 창업 초기에 '사악해지지 말자(Don't be evil)'라는 기업 이념을 발표해 신선한 충격을 주었다. 비록 단기간에 이익을 얻지 못하더라도 장기적으로 좋은 일을 하는 회사가 되겠다는 선언이었다.

　　좋은 회사가 된다, 어찌 보면 상투적인 표현 같지만, 기업의 명성은 수많은 사람들이 오랫동안 일하며 내디뎌온 발걸음의 결실이다. 뜻하지 않은 위기에 봉착한 회사가 오히려 상황에 잘 대처해 기회로 삼은 경우가 있다. 반대로 회사나 개인이나 지금은 승승장구하지만 언제 어떻게 위기를 맞을지도 모른다. 세계적인 경영학자 피터 드러커는 "미래를 예측하는 가장 훌륭한 방법은 바로 직접 미래를 만드는 것"이라고 했다. 지금도 수많은 글로벌 기업들은 위기관리를 점검하면서 밝은 미래를 만들기 위해 벽돌을 하나하나 쌓아가고 있다.

나의 일, 진심 어린 협상

사람의 인생뿐만 아니라 약제도 개발되고 처방되고 쓰이는 생애 주기가 있다. 제 아무리 혁신적인 제품이 개발되었다 해도 특정 국가 당국의 승인을 받아야 하고, 이후 건강보험이 적용되어야 환자들이 제때 지불할 수 있는 비용으로 치료를 받을 수 있다.

내가 글로벌 기업에서 오래 했던 역할 중 하나가 약가 보험 총괄로, 혁신 약제의 급여와 약가를 결정하는 데 근거 자료를 제출하고 정부와 협상하는 일이었다. 생명을 위협하는 중증 질환을 앓는 환자들에게 건강보험이 적용되느냐 안 되느냐는 너무나 중요한 일인데, 신약의 혁신 가치를 인정받기 원하는 업계와 재정 안전성을 따져야 하는 정부 사이에서 해결점을 찾기란 참 어려운 과제다.

화이자에 근무하면서 항암제 급여를 놓고 정부와 협상할 때였다. 급여 신청을 한 지 이미 몇 년이나 지나 많은 환자들이 절실히 결과를 기다리고 있었다. 협상 기일 마지막 날, 정부 측에서는 우리가 제시한 안을 절대 받아들일 수 없다며 휴회를 요청했다. 우리 입장에선 글로벌 팀과 지역본부를 설득해가며 어렵게 승인받은 수준의 가격이었다. 정부 측 책임자가 밖으로 나가 버렸다. 대체 이 상황을 어떻게 타개해야 하나, 생각할 겨를도 없이 몸은 이미 그를 따라 밖으로 나가고 있었다. 복도 끝에 놓인 작은 원탁 쪽으로 가서 "말씀 좀 나누고 싶다"고 청하며 간곡히 부탁했다.

"저는 회사에서 월급 받는 직장인으로서 이 항암제의 급여 지급을 승인받아야 하는 업무의 책임자이지만 엄마를 암으로 잃은 암 환자의 가족이기도 했습니다. 적절한 가격으로 이 약제로 치료를 받을 수 있느냐 없느냐가 환자와 가족에게 얼마나 절박한 일인지 몸소 체험한 사람입니다. 우리 집을 팔면 미국에 가서 좋은 항암제를 구하고 수술을 받을 수 있을지 알아보고 고민하기도 했고요. 이 항암제를 기다리는 환자들을 위해 건강보험을 적용받을 수 있기를 정말 간절히 바랍니다. 저 개인뿐만 아니라 회사도 진정으로 협조하며 노력을 아끼지 않고 있습니다. 정부에 계신 분들도 사실 같은 마음이실 것입니다. 협상에 재고를 부탁드려도 될는지요."

"네, 하신 말씀을 믿겠습니다. 다시 논의해봅시다. 다들 저녁도 못하셨을 텐데, 팀원들과 요기라도 하고 협상을 다시 시작하시지요."

순간 온몸의 긴장이 다 풀렸다. 협상장으로 돌아오니 우리 팀원들은 잔뜩 긴장해서 무슨 일이 있었는지 물었다. 샌드위치로 대충 허기를 채우고 사업부 대표와 긴급히 연락하며 회사에서 받아들일 수 있는 가격의 마지노선을 확인했다. 밤이 되어 협상을 재개했고 결국 11시 반경 타결됐다. 회사를 대표해 도장을 찍는데 팀원들이 옆에서 울음을 터뜨리기 시작했다. 회사 업무 차원을 넘어 정말 간절히 이 일을 해내고 싶었고 어깨에 너무 큰 부담이 얹힌 탓이겠다. 깊은 진심을 전하면 통하게 마련임을 실감했다. 무엇보다 이 약제를 간절히 기다리는 환자들을 생각하니 가슴이 북받쳐 올랐다. 그냥 헤어질 수가 없어서 협상 팀과 지원 팀이 간만에 모여 그간의 소회를 나누었다. 밤은 깊었지만 다들 피곤한 줄도 모르고 뿌듯한 마음으로 헤어졌다.

*

사전에는 협상이란 '어떤 목적에 부합되는 결정을 하기 위하여 여럿이 서로 의논함'이라고 적혀 있다. 그렇다면 함께 살아가는 우리네 인생사 상당 부분이 다 이 협상의 과정 아닐까. 거대한 조직 안에서 목적을 두고 서로 논의하고, 조직 밖에서도 무수한 이해 당사자들과 논의하고 결정해야 하는데 이것 자체가 다 협상 과정인 셈이다. 다만 '약가 보험 협상'처럼 여러 조건과 숫자를 구체적으로 주고받을 경우 개념이 좀 더 명확해진다.

협상 자리에 앉아보면, 어쩌면 그렇게 한 가지 사안을 두고도 시각이 다르고 의견이 엇갈리는지 탄식이 절로 나온다. 논의를 하면 할수록 양측 의견이 더 극단으로 치닫기도 하는데, 그럴 때마다 협상장의 분위기를 바꾸려고 노력했다. 신약의 가치 인정과 정부의 재정 안전성 관리라는 면에서 늘 의견이 엇갈리지만, 실은 양측 모두 신약의 출시를 고대하는 환자들의 접근성 강화라는 공공의 목적을 염두에 두고 있다. 나와 내 조직이 우선순위를 두고 강조하는 부분이 다소 다를 뿐, 양쪽 다 공동의 목적을 지향하고 있음을 강조하고 싶었다.

정부 정책이나 커뮤니케이션 담당에 더해 약가 보험 업무를 맡게 된 것에 대해 감사한다. 곁에서 볼 때는 전문적이고 일종의 테크닉에 가까운 업무로 여겨졌는데 막상 맡아보니 하나의 우주가 움직이고 있었다. 낮에는 정부와, 밤에는 글로벌 팀과 협상해야 하니 긴장과 부담감이 정말 극에 달했다. 그런데 어느새 협상이 마무리되고 건강보험 급여가 결정되었을 때 느껴지는 자부심과 충족감 같은 '마침표'에 점점 중독되는 것 같았다.

일하는 사람으로서 내 목표를 수시로 끄집어내 자신에게 각인하지만, 결실을 목도하고 설명할 수 있다는 점 역시 좋았다. 협상을 준비하는 과정부터 스트레스를 많이 받았고 진땀을 흘렸다. 그래도 환자들에게 결실이 돌아가기 때문인지, 나뿐만 아니라 함께한 팀원들도 가슴 벅차게 일할 수 있었으리라.

*

늘 이러한 협상과 논의를 벌이는 글로벌 헬스케어 회사에서는 담당자들의 역량을 강화하기 위해 많은 노력을 기울인다. 오래전 글로벌 미팅에서 독일과 이집트, 포르투갈, 그리스에서 온 동료와 한 팀을 이루어 임무가 쓰인 종이를 받은 적이 있었다.

"여러분은 원더랜드라는 나라의 국민입니다. 이 나라의 인구수는 2000만 명, 1인당 GDP는 1만 달러입니다. 오늘 아침 눈을 떴는데 보건 당국이 3개월 뒤 특허가 만료되는 의약품의 가격을 15퍼센트 인하한다고 전격 발표했습니다. 오늘은 금요일, 자 어떻게 대처할까요?"

처음엔 여기저기서 "사례 연구가 아니라 허구한 날 우리가 접하는 실제 상황 아니냐"며 "글로벌 미팅에 나와서도 호떡집에 불 끄러 다니는 일을 놓고 토론해야 하는구나"라는 볼멘소리가 나왔다. 잠시 후, 부도 위기를 겪었던 나라의 동료가 입을 열었다. 다른 참석자들도 가상의 상황을 현실처럼 받아들이고 머리를 맞댔다. 집단 지성이 모이고 나눠지는 순간이었다.

약가 보험 업무를 맡은 팀을 상대로 한 구체적인 모의 협상 교육도 실시한다. 예전에 스페인 마드리드에서 열린 미팅에 참석했다. 나라별로 모의 협상단이 꾸려졌고 정부 측 대표는 실제 정부에서 오래 일하다 은퇴한 분들이 맡았다. 한 시간도 넘게 나라별 협상을 진행하고 이 장면을 참석자들이 모두 모여 모니터로 관전한 뒤 협상을 분석하고 후기를 나누는 식이었다. 상황은 동일한데 팀에 따라 전략 개발도 전달하는 방식도 너무나 다양했다. 그런 협상이 펼쳐지는 장면을 보니, 한편 한편이 주제가 서로 다른 연극 같았다.

*

잘 끝난 협상은 '내가 정말 크게 이겼구나' 하고 생각되는 것이 아니라 양쪽이 보람을 느끼며 상대방과 또다시 협상을 하고 싶은 마음으로 헤어지는 것이라고 했다.

프라하 출장에서 회의를 마치고 호텔 근처에 있는 카를교(橋) 쪽으로 걸을 때였다. 가넷이라는 준보석 액세서리 가게들이 사방팔방에 늘어서 있었다. 십자가 목걸이 한 개가 마음에 콕 박혔다. 가격도 물어보고 이미 지갑까지 꺼내 들었으니 나는 누가 봐도 지불할 태세를 갖춘 사람이었다. 순간, 정신이 번쩍 들었다. '흥정을 시작해야지.' 좀 깎아달라고 했지만 내 맘을 이미 다 꿰뚫어 본 가게 주인이 깎아줄 리가 만무하다. 오히려 내가 목걸이를 산 덕분에 다른 동료들은 그보다 싼 물건을 두고도 흥정을 잘했다. 그렇게라도 기여했으니 다행이라고 여겨야 하는지. 옆에 있던 동료가 "이래가지고 앞으로 협상 잘하겠느냐"며 농을 섞어 말했다. 그러더니 덧붙였다. "너무 자책하진 말기를. 진심으로, 순수하게 다가가는 사람이 가장 강해. 그게 마음을 움직이니까."

텔레콘퍼런스, 전 세계가 모인다

"굿 모닝." "봉주르." "굿 이브닝."

이쪽으로는 아침 인사를, 저쪽으로는 저녁 인사를 건넨다.

"오늘 눈이 많이 와서 미팅에 조금 늦었어. 거긴 어떻니?" "아, 부럽네, 여긴 아시다시피 30도야."

이런 대화를 국경을 넘나드는 텔레콘퍼런스°에서 매일 나눈다. 여기는 밤인데 저기는 아침이고, 누구는 맨해튼 사무실에서 뉴저지로 퇴근하는 길인데, 또 누구는 꼭두새벽 명동 사무실에 출근해 의자에 앉아 있다. 누구는 코네티컷 집에서 맨해튼 사무실로 출근하는 기차를 탔고, 또 누구는 늦은 밤에 잠옷 차림으로 전화 회의에 들어간다. 다른 나라, 다른 시간, 다른 국적을 가진 동료들이 컴퓨터와 전화기로 만난다. 서로 다른 시간대를 살지만, 우리는 줌(Zoom)이나 팀즈(TEAMS) 같은 온라인 도구를 이용해 토론을 한다. 어렵고 복잡한 문제가 던져지고 이를 해결하기 위해 머리를 맞댄다.

십 수년 전 평범한 회색 전화기 앞에 둘러앉아 다른 나라 동료들과 회의를 할 때, 문득 이 전화기가 마법을 부리는 느낌이 들었다.

● 전화선이나 초고속 광케이블, 위성에 기반을 두어 문자·음성·그래픽·영상 등을 이용해 의사소통을 할 수 있는 정보기술 체계. 전에는 주로 전화 회의를 했으나 요즘은 팀즈나 줌으로 화상회의를 한다.

내 몸은 서울 사무실에 있건만 이라크에서 두바이로, 대만에서 브라질로 정신없이 여행을 하고 있는 것같이 느껴지니 말이다.

세계 지도에 점점이 흩어진 장소에 있는 동료와 시시각각 논의할 일이 쏟아지고, 비용과 시간을 절감하면서 신속히 의사결정을 하려다 보니 텔레콘퍼런스가 바로 일상 그 자체다. 전화번호와 비밀번호 혹은 링크를 누르면 보이지 않는 가상공간으로 들어가고 세계 각국의 동료와 연결된다. 우리네 삶이 비극과 코믹 시트콤을 한끗 차로 오가는 거라지만, 나는 이 전화 회의를 통해 수많은 시트콤 현장에 들어와 있는 것 같은 경험을 한다.

한번은 10여 명이 참여한 전화 회의를 하는 도중 갑자기 개 짖는 소리가 들렸다. 누군가 말했다. "미안해요. 지금 막 뉴저지 집에 도착했는데, 우리 강아지가 짖네요. 잠깐 진정시키고 올게요." 뉴욕의 한 동료는 플로리다 디즈니월드에 휴가를 갔다가 중요한 전화 회의에 참석해야 했다. "가족들 깰까 봐 새벽에 잠옷 바람으로 숙소에서 나와 차 안으로 들어갔는데, 리조트 경비원이 갑자기 전등을 비추며 뭐 하느냐고 묻는 거야!"

나 역시 스릴 넘치는 화상회의를 경험한 적이 있다. 입장이 서로 다른, 한국에 있는 팀과 뉴욕 본사에 있는 동료가 특정 사안을 두고 어려운 논의를 마쳤을 때였다. 전화기와 컴퓨터를 함께 연결했는데 본사 동료가 "바이~" 하고는 전화기만 끄고 컴퓨터 프로그램은 종료하지 않고 그냥 둔 것이다. 공유된 화면으로 상대방이 우리와의 미팅에 대해 누군가에게 이메일을 쓰는 모습이 보였다. 그가 써내려가는 이메일 내용이 한줄 한줄 보였고, 나와 팀원은 이를 숨 죽여 지켜보았다. 우리가 주장을 굽히지 않는다는 내용이라 뒷담화에 가깝다고 볼 수도 있지만, 어째 긴장감이 넘치는 시트콤 한편을 보는 느낌이었다. 본의 아니게 미팅 직후에 당신이 우리 팀에 대해 쓴 뒷담화성 이메일을 봤다는 말은 끝내 하지 못했다.

요즘은 대부분의 미팅을 화상회의로 진행한다. 서울의 밤 10시, 뉴욕의 아침 9시에 비디오 카메라 앞에 앉아 회의를 시작하는 식이다. 미국, 유럽, 아시아에 있는 사람들이 같은 시간대에 만나려면 대개 회의 시간은 미국의 이른 아침, 유럽의 낮, 아시아의 밤으로 잡힌다. 한 글로벌 기업에 다니는 선배는 심야 화상회의가 너무 많아 '잠옷 시위'를 한 적도 있다고 했다. 한국 팀이 화상회의 도중 미리 준비한 잠옷을 정장 위에 걸치고 "오늘도 이곳은 밤 10시랍니다. 우린 잠이 필요해요!"라고 말해 폭소가 터졌다고 한다.

요즘은 팀즈나 줌이나 다 가상 배경이 있어서 그걸 켠다. 회사에서 공유하는 다양한 사무실 느낌의 배경을 쓰는데, 나는 어질러진 상대방의 책상이 등장하거나 아이들이 뒤에서 시끄럽게 뛰어다니며 깜짝 등장할 때가 더 좋았다. 나도 가상 배경을 쓰기도 하지만, 한때는 거실에 있는 민트색 커튼과 행운목 등을 있는 그대로 보여주기도 했다. 온라인으로만 보다가 실제로 만난 사람들에게 "집 커튼 색깔이랑 분위기가 너무 마음에 들었다. 인테리어 전문가냐"라는 말을 들었는데, 화상회의를 통해 사람들은 상대의 여러 정보를 알고 싶어 하는구나 싶기도 했다.

*

서로 다른 마켓에 속해 있으면서 온라인으로 회의를 하다 보면 사안에 대한 이해도가 상황에 따라 각기 다름을 깨닫는다. 회사에서는 영어를 쓰지만 사실 영어가 모국어가 아닌 사람들이 태반이고, 이런 회의에선 주어진 시간 안에 효과적으로 소통하는 능력이 중요하다. 회의를 주관하는 사람은 미리 발표 자료를 보내고 '반드시 숙지하고 미팅에 참석해달라'고 당부한다. 이후에는 논의가 정해진 방향으로 흘러가도록 미팅을 잘 이끌어야 하고, 미팅을 마친 다음에는 논의한 내용을 이메일로 다시 공유하며 각자 맡은 업무 내용은 언제까지 제출하라고 한다. 사실 핵심은 영어가 얼마나 유창한지 아닌지에 있지 않다. 같은 사안을 놓고도 자신의 관점에서 해석하다 보니 '무의식적 편견'이 개입하고, 같은 논의를 해놓고도 세세한 부분에서 해석이 엇갈리기도 한다. 확실하지 않은 것은 바로, 아니면 회의를 마친 뒤에 채팅을 통해서라도 다시 확인해야 불필요한 오해나 시간 낭비를 줄일 수 있다. 회의를 하기 전이나 후에 물밑 논의를 하는 데 시간과 노력을 많이 할애할 때, 명확하고 신속한 의사결정과 실행으로 이어진다.

우리에게 세계는 하나다. 각자 담당하는 시장이 있지만 크게 보면 우리는 하나의 원 안에서 함께 움직이는 공동체의 구성원이다. 지리적인 경계는 사라지고, 온 세계가 같은 시간에 움직이며, 함께 의사결정을 하고 경험치를 나눈다.

오늘도 퇴근할 무렵 바다 건너 저편에 있는 동료가 하나둘씩 눈을 뜨고 이메일을 보내기 시작한다. 또 많은 동료가 가상공간에 모여 회의를 하고, 끝나면 현장으로 나가 바삐 뛰어다닌다. 글로벌 기업에 다니면 글로벌 세상은 더 이상 캐치프레이즈가 아니라 일상이고 현실이다.

워크숍, 글로벌 기업 라이프의 모든 것

수년 전, 프랑스의 한 마을에서 유럽과 아시아 지역의 약가 보험 업무 책임자들이 모여 워크숍을 진행했다. 파리 샤를드골 공항에 내려 북쪽으로 한 시간쯤 가는데 시야에 온통 들판이 펼쳐졌다. 운전기사에게 "저 납치되는 거 아니죠?"라고 농을 했다. 널따란 평원에서 말들이 풀을 뜯고 고목들이 끝없이 펼쳐진 뇌빌 보스크라는 마을에 도착했다. 미팅이 열리는 장소는 샤토 포름. 말 그대로 고성(古城)을 개조한 곳이었다. 여기는 어디인가. 우리는 일하러 왔나, 아니면 유럽의 별장에 초대받은 걸까.

"환영합니다! 한국에서 오셨지요?" 숙소를 운영하는 부부가 반갑게 맞이하며 '꽃의 집'이라고 이름 붙인 곳으로 안내했다. 삐걱거리는 나무 계단을 올라 2층에 있는 '작약 방'의 문을 열고 들어가니 침대와 책상, 샤워 부스 말고는 아무것도 없는 비좁은 공간이 나왔다. 타임머신을 타고 중세 수도원으로 온 것 같았다. 회의가 아니라 묵상을 해야 할 것 같은 경건함마저 느껴졌다. 창문에선 쉴 새 없이 새들이 지저귀고 있었다. 시간이 멈춘 듯했다.

이런 데서 며칠간 다양한 미팅이 열렸다. 유리 통창에 둘린 원형 회의장은 작은 온실 같았다. 공같이 생긴 푹신한 미니 소파들이 계단 가득 놓여 있었다. 이른 아침, 숲속에 자리 잡은 회의장에 들어갔는데 봄비가 주룩주룩 내리기 시작했다. 오전 내내 심각한 내용으로 미팅을 하는데 느낌이 너무 이국적이고 강력했다. 내 마음의 카메라에 찍어서 오래오래 간직하며 시시때때로 소환하고 싶었다.

*

'일터'나 '작업장'이란 뜻에서 비롯된 '워크숍'은 함께 생각하거나, 일하면서 전문인으로서 성장을 도모하거나, 또 여러 문제점을 해결하기 위해 여는 연구회나 세미나를 일컫는다. 기업에선 대개 당면한 문제를 두고 구성원들이 새로운 아이디어를 모아서 방향을 정리하거나 전략을 짤 때 워크숍을 연다. 워크숍이라고 하면 우리나라에선 강의나 토론을 곁들인 사외 단합 대회로 여기는 경향이 있다. 물론 평소 의사소통의 기회가 많지 않던 팀끼리 좋은 관계를 구축하고 단합하기 위해 워크숍을 열기도 한다.

그런데 글로벌 기업에선 조금 다르다. 명칭부터 워크숍 외에 콘퍼런스, 서밋, 포럼, 오프사이트 미팅 등으로 다양하게 부른다. 팀워크를 다지기 위해 열기도 하지만, 어렵게 모인 참석자들이 최대한 지식과 경험치, 통찰력을 나누고, 이를 토대로 전략적 방향을 도출하는 것이 주요 목적이다. 참여자들의 몰입을 극대화하기 위해 온갖 창의성과 아이디어를 동원해 무대와 환경을 연출한다.

장면 하나. "자, 짝꿍의 얼굴을 보셨으면 이제 눈을 감아보세요. 그런 상태에서 10초 동안 그림으로 그려보세요." "최근에 과감하게 도전해본 일이 있다면 무엇인가요? 종이에 써서 비행기를 만들어 날려주세요." 하얀 도화지와 사인펜, 색연필이 곳곳에 놓여 있고, 퀴즈를 맞힌 사람에게 돌아갈 초콜릿 같은 상품이 한쪽에 가득 쌓여 있다. 어느 유치원에서 봄직한 이 풍경, 도쿄 어느 호텔 회의장에서 열린 '거침없이 도전하기' 워크숍이었다.

뉴욕, 뭄바이, 자카르타에서 온 동료와 사흘을 함께 지냈다. "우리가 두뇌에서 의식적으로 활용하는 부분은 12퍼센트밖에 안 됩니다. 장난기와 재미를 통해 나머지 무의식의 영역을 확장해 사용해봅시다." "우리 어른들은 주어진 상황을 판단하고 평가하기에 급급하죠? 아이들은 두려움 없고 상상력이 넘치고 호기심 만발인데⋯⋯." 딱딱하게 굳어진 사고 틀을 깨뜨리고, 어린이 같은 말랑말랑한 마음과 태도로 무장하라니 '인간 개조' 워크숍이 따로 없었다. 이른 아침 워크숍을 시작하기 전에 춤을 추게 해서 당혹스러웠는데 프로그램에 몸과 마음을 맡기고 따라하니 점점 흥미로워졌다.

장면 둘. 유럽의 몰타에서 열린 한 미팅의 주제는 '이매진(Imagine).' 50여 개 마켓에서 온 사람들이 참석했다. 무대 옆에 자리 잡은 연주자들이 존 레논의 노래 〈이매진〉을 연주하는 가운데, 무대는 알록달록한 빛깔로 수놓였다. 글로벌 리더들이 무대에 등장하기에 회사 전략과 방침을 전하려는 줄 알았다. 그랬는데 돌아가면서 자신이 좋아하는 책과 영화, 가족 얘기를 꺼냈다. 사회자는

"최근에 일하면서 자랑스러웠던 때가 언제였나요" 하고 질문을 던졌다. 그러자 목표 달성도 중요하고 성과 인정도 중요하지만 내가 이 일을 왜 하는지, 환자들의 삶에 어떤 영향을 주는지, 결국 내가 세상에 어떤 변화를 가져오는지를 얘기한다.

일상 업무를 하다 보면 생기게 마련인 고민을 나누는 일도 토크쇼 형식으로 진행되었다. 그런 다음 다양한 주제의 워크숍이 곳곳에서 열렸다. 우리의 성장에 대한 열망을 표현하는 레고 블록 쌓기도 했다. 매일 워크숍을 마치고 방에 돌아가면 가슴에 와닿는 메시지와 함께 작은 선물들이 놓여 있었다. 미팅할 때 설정된 무대 환경과 고운 빛깔에서 영감을 받았을까. 아니면, 회사가 나를 소중히 여긴다는 느낌이 들었기 때문일까. 경직된 마음이 말랑말랑해지고 오래간만에 내가 하는 일에 대한 단상들을 떠올리게 되었다. 물론 모든 워크숍에 이처럼 창의성 뿜뿜 솟는 예술적인 접근 방식이 동원되는 것은 아니다. 다만 준비 단계부터 전문가들을 동원해 치밀하게 진행하는 것은 기본이다. 세계 각지에 있는 사람들을 어렵사리 한자리에 모았으니 투자 대비 결실을 생각할 수밖에 없을 터다.

*

사실 일정과 프로그램이 지나치다 싶을 정도로 강도 높고 빼곡하게 준비될 때가 많다. "바람 좋고 물 좋은 곳에 불러다가 회의장에 가 둬놓고 아이디어를 짜내라며 쉴 틈을 안 준다." "차라리 사무실에서 야근하는 게 낫다"는 볼멘소리가 나올 때도 있다.

"맨날 외국까지 가서 무슨 워크숍을 그렇게 하나요? 너무 부럽네요." 국내 대기업에 다니는 후배가 '너무 놀러 다니는 것 아니냐'는 식으로 말하는 것이었다. 이해는 갔지만 '이렇게 강도 높은 워크숍을 한번 경험해보면 그런 말 못할 텐데……' 싶었다. 이 후배는 워크숍을 하기 전에 자료 만들고 장소 마련하고 물품 준비하느라 야근한 경험을 말해주었다. 정작 워크숍에서 논의할 주제에 대한 고민은 별로 못 했다고 했다.

오늘 이 시각에도 글로벌 기업들은 곳곳에서 워크숍을 열거나 준비하고 있을 것이다. 쏟아지는 문제의 해결책을 찾고 향후 예상되는 위기에 대비하고, 직원들의 두뇌를 말랑말랑하게 해서 통찰력을 발휘하게 하려는 것이겠지. 환경과 문화가 다른 직원들이 나누는 시행착오, 이를 바탕으로 쌓아가는 지혜와 통찰력의 힘은 참으로 크다. 사실은 바로 이것이 글로벌 기업이라는 거대한 함선을 이끌어가는 기수가 되는 듯하다.

워크숍을 하고 나면 우린 이전과 어떻게 달라져 있어야 할까. 실전을 치르는 것은 아니지만 경험한 실전을 나누고, 다가올 실전을 준비하는 시간들. 글로벌 기업 라이프는 '워크숍 라이프'다.

비즈니스 트립, 누구를 만나는가

몰타의 수도 발레타에서 글로벌 미팅을 마치고 경유지인 파리 샤를 드골 공항으로 향할 때였다. 역사적인 장소에서 동료들과 좋은 에너지를 한껏 나누었는데 서울 사무실에서 급한 전화가 한 통 걸려왔다. 공항 카페에서 전화 회의를 하며 이메일을 여기저기 보내고 있는데 '파리행 비행기가 곧 출발하니 빨리 탑승하라'는 안내 방송에 내 이름이 나오는 게 아닌가. 미친 듯이 달려가 비행기에 겨우 올랐다. 온몸은 땀으로 흥건했고 가빠진 호흡이 쉬이 가라앉질 않았다. 잠시 후 비행기가 하늘로 솟구친 뒤 휴대전화 통화와 이메일 전송이 정지했다. 순간 세상에서 격리되는 느낌, 나도 모르게 인터넷에 중독돼 있었던 것이다. 난리법석을 떤 덕분인지 구름 속에서 만난 평온이 눈물 나게 고마웠다. 도착한 파리 공항엔 드물게도 눈발이 날리고 있었다.

글로벌 기업에 다니면서 수많은 출장을 다녔고 많은 것을 배우고 경험했다. 좌충우돌하는 가운데 생긴 웃지 못할 사연들도 숱하다. 비즈니스 트립이라고 하는 출장은 말 그대로 일과 여행의 만남이다. 누군가 여행을 '현실로부터의 탈피'라고 규정했는데, 이 '일 여행'은 오히려 현실로 들어가는 것이 아닐까.

자주 보지 못하는 동료나 고객들과 일을 매개로 한 공간에서 만나, 짧은 시간 함께하는 자리. 일이라는 현실을 이렇게 강렬하게 마주하는 일이 출장 말고 또 있을까. 맨해튼에 있던, 예전에 몸담았던 회사 본사에 가면 메인 로비에서 엘리베이터 여덟 대가 부지런히 운행하고 있었다. 이른 아침부터 늦은 저녁까지 크고 작은 트렁크를 들고 엘리베이터를 타고 내리는 사람들이 숱하다. 가만있자, 여기가 호텔인가, 회사 아니었나? 하기야 외부 방문객은 입구에서 공항처럼 짐 검사대를 거쳐야 입장 가능하니 호텔이 아니라 공항이라 해도 믿겠다.

*

글로벌 기업에서 출장은 그냥 평범한 일상사다. 시간과 비용을 효율적으로 관리하기 위해 전화 회의나 화상회의가 일상화되고 있지만, 출장은 글로벌 기업 생활의 핵심 요소다. CEO는 연초에 회사의 비전과 전략을 공유하기 위해, 각 마켓 대표는 한 해 농사를 어떻게 지었는지를 보고하고 다음 해 예산 편성을 논의하기 위해 출장을 떠난다. 비즈니스 성공 사례를 배우거나, 특정 주제에 대한 전략을 짜거나, 교육을 받으러 출장길에 오르기도 한다.

　글로벌 미팅은 세계 각국에서 오는 동료들이 상봉하는 자리이다 보니, 회사에서는 이런 모임의 의미를 어떻게 극대화할지 깊이 고민한다. 이른 아침에 미팅을 시작해 중간 휴식 시간을 최소화할 뿐 아니라 조찬 미팅까지 끼워놓아 하루 일정이 빼곡하다. 아름다운 풍광이 펼쳐진 멋진 도시에 갔다 해도 이틀 밤이 지나도록 호텔 정문 밖으로 나가지 못한 사례가 숱하다. 파리 개선문 근처의 호텔에서 열린 워크숍은 창문 없는 지하 회의실에서 하루 종일 진행되었다. 해가 지고 저녁 식사를 하러 밖으로 나갈 무렵이었다. "그래도 파리 공기는 맡아보는구나. 호텔 밥 말고 진짜 파리 밥 좀 먹어보자"는 한 동료의 말에 다들 웃음꽃을 터뜨렸다.

세계 각지에 수만 명의 직원을 둔 글로벌 기업들이 출장에 들이는 시간과 경비는 가히 상상을 초월할 정도일 것이다. 사실 글로벌 기업의 출장 준비와 관리는 매우 엄격하게 진행된다. 수많은 논의를 거쳐 참석자를 결정하고, 항공편이나 숙소도 원칙에 따라 예약한다. 예정된 출장이 비즈니스 상황에 따라서, 또는 비용 감축 지침에 따라서 취소되는 경우도 생긴다.

글로벌 기업 출장에서 항공기 좌석은 비용이나 직원의 직급이 아니라, 비행 시간에 따라 결정되었다. 다섯 시간을 기준으로 하는 회사도 있다는데 대부분 여섯 시간을 기준으로 한다. 예를 들어 비행 시간이 여섯 시간을 넘으면 입사한 지 한 달밖에 안 된 사원도 비즈니스석에 앉을 수 있는 반면, 비행시간이 그에 못 미치면 지사장이나 임원급도 일반석에 앉아야 한다. 한국 회사에 다니는 친구들은 이 대목에서 '직급에 맞추어 좌석이 결정되지 않다니 신기하다'면서 '정말 많이 다르구나'라고들 한다.

집과 회사라는 일상의 울타리를 벗어나 낯선 장소로 떠나는 출장에서 에너지를 얻는 사람들도 많지만, 모두 그런 것은 아니다. 해외 출장이 너무 잦은 사람들은 또 하고픈 말이 많다. 1년에 절반 정도를 해외 출장을 다니던 한 글로벌 기업 대표는 "회삿돈으로 비즈니스 클래스 타고 다닌다고 남들은 부러워하는데 짐 풀었다가 싸는 일을 반복하는 국제 보따리 장수가 따로 없다"고 했다. 나처럼 여행을 좋아하는 사람은 출장을 "몸은 고달파도, 더 넓고 큰 세상을 만나는 선물 같은 시간"이라고 하고, "출장이야말로 가정에서 벗어난 진정한 휴가"라고 말하는 동료들도 있다. 〈업 인 디 에어(Up in the air)〉 같은 영화를 보면 비즈니스맨(조지 클루니 분)이 출장길에 호텔 바에 앉아 근사하게 위스키 한잔을 마시던데, 우리는 혼자 낯선 호텔 방에서 이메일 하다가 뻗는 것이 현실이다. "밥벌이가 취미도 아닌데 고달픈 거야 당연하지 않겠냐"는 동료 임원의 말이 지금도 절실히 와닿는다.

강도 높은 미팅과 회식이 연속되지만 출장 중에 여유 시간이 없는 것은 아니다. 오히려 자투리 시간을 여행처럼 즐겁게 누리고 에너지를 얻으라고 독려하기도 한다. 두바이 출장 가서 석양이 질 무렵 떠났던 사막 투어도 기억나고, 몰타에서 팀을 나눠 보물찾기를 하며 화합을 다지던 일도 생각난다. 스페인 카나리아 제도 테네리페섬에 가서 현지인들의 공연을 보고 야자수 가득한 숲속에서 저녁을 먹은 날도 떠오른다. 비즈니스를 논의하던 사람들이 모여서 가족 일이나 취미 같은 개인사를 나누면서 사이가 더 돈독해지는 마법 같은 시간을 보내기도 한다.

*

돌아보니, 출장의 핵심은 '어디로 가느냐'가 아니라 '누구를 만나느냐'에 있다. 전화로, 이메일로만 알고 지냈던 동료들을 출장지에서 직접 만나고 나면, 이후 업무 협조가 마법 가루를 뿌린 듯이 달라진다. 누군가의 상사도 부하도 아닌, 일하는 사람들끼리 서로 영향을 미치며 협력해야 하는 조직에서 출장길 친목 다지기는 더 중요하다.

출장길에서 가끔 만나는 층층시하 상사들과 함께하는 자리에는 반가움과 더불어 긴장감이 감돈다. 자기의 존재감을 발휘하고 능력도 인정받을 수 있는 절호의 기회이기 때문이다.

코로나 팬데믹 시간을 보내고 지난해 처음 싱가포르에서 보스와 리더십 팀이 오프라인으로 미팅을 할 때다. 온라인으로 수도 없이 만났던 사람들을 직접 상봉하니, 흑백 화면이 컬러 화면으로 바뀌는 것 같았다. 코로나 팬데믹을 겪으면서 온라인으로도 함께 일하고 연결될 수 있는 세상에 살다니 참 편리하다 싶었는데, '하늘 길'이 열려서 이렇게 한 회의실에서 마주 보고 미팅하고 밥상머리에서 수다를 떨게 되다니. 오프라인 만남의 힘이 새삼 강렬하게 다가왔다. 글로벌 기업에서 아시아태평양 지역 리더를 맡고 있는 지인은 "다른 마켓 사람들과 머리 맞대고 논의할 때 비즈니스를 좀 더 입체적으로 볼 수 있게 된다"며 "직원들의 출장 경비를 줄여야 하지만 필요할 땐 투자해야 한다"라고 했다.

*

지난 출장들을 돌아보니 여럿이 있는 전체 미팅에서는 깊이 나누지 못했던 속내를 털어놓으며 상대의 업무 상황과 스타일을 더 잘 이해하게 된 순간들이 방울방울 떠오른다. 인재를 관리하기 위한 공식 회의 자리는 아니었지만 사내에서 만나 진로를 고민하고 응원하며 지혜를 모으기도 했다.

평상시엔 저 멀리서만 봤던 빅 보스와 이른바 워라밸에 대해 깊은 얘기를 나누었고, 조직 개편으로 직원들의 마음을 챙겨주다 보니 챙기지 못한 사람이 한 명 있는데 그게 나라는 진솔한 얘기를 듣기도 했다. 본사에서 개발도상국 마켓 업무를 이끌며 어려움을 겪을 때는 비슷한 경험을 한 동료에게 보석 같은 충고와 조언을 얻었다. 본사에 있는 동료와 만나 새로운 사내 자리에 대한 정보를 접하고, 어떻게 준비하면 좋을지를 두고 얘기를 나누기도 했다.

지금 이 순간에도 출장을 가는 누군가는 조명이 밝지 않은 비행기에서 발표 자료를 준비하고, 누군가는 시차로 인한 졸음을 참으며 상사 앞에서 열심히 존재감을 내보일 것이다. 또 누군가는 연달아 열리는 미팅 자리에 참석하고 누군가는 긴장된 발표를 마치고 동료들과 맥주잔을 기울이고 있겠지. 나는 또 이 다음 출장에서 누구를 만나고 무엇을 배우게 될까.

3장

100년 글로벌 기업이 사업을 지속하는 힘은 무엇인가

복잡한 글로벌 매트릭스를 조직하는 힘, 협업

콘서트 홀 무대를 조명이 비추고 검은 옷을 입은 오케스트라 단원들이 한 명씩 단상에 오른다. 이어 박수갈채를 받으며 지휘자가 무대에 등장하고, 잠시 후 연주가 시작된다. 나지막하게 울리는 바이올린 연주는 물결처럼 퍼져가고 곧이어 현악기, 금관악기, 목관악기들이 가세한다. 지휘자의 지휘봉을 따라 때론 공기를 감싸듯이, 때론 폭풍우 몰아치듯이 연주가 이어지고, 박수갈채 속에서 피날레를 장식한다.

오케스트라 연주를 감상할 때마다 늘 내 마음을 건드리는 부분이 있다. 저렇게 다양한 사람들이 다른 악기로 저토록 물 흐르듯이 한 곡을 연주하다니. 다들 각자의 파트를 연주하면서도 다른 단원들과 호흡을 맞춰나가는 저 작업은 대체 어떻게 가능한 것일까. 복잡하고 거대한 글로벌 조직에서 이루어지는 '협업'과는 무엇이 다르고 무엇이 같을까. 하나의 목표를 달성하기 위해 수많은 팀이 협력하는 글로벌 조직에는 여러 오케스트라가 동시에 연주하는 것과 같은 아주 복잡한 역학 관계가 존재한다.

오래전에 100명 넘는 조직을 이끄는 종합병원의 한 리더가 "글로벌 기업에선 어떻게 부서 간 협업을 하시느냐"고 물었다. 그러면서 "부서 간의 협업이 제일 어렵다"고 토로했다. 나는 "맞아요. 저희도 그것 때문에 항상 고민이 많습니다"라고 답했다. 기자 시절 만났던 한 국회의원이 "정치는 네 편과 내 편을 정확히 가르고, 그 속에서 자기 역할을 하는 것"이라고 했다.

　그런데 비즈니스 조직의 경우 혼자 이룰 수 있는 일은 너무나 제한돼 있고, 서로 힘을 모아야만 가능한 일들이 대부분이다. 혁신을 사명으로 삼는 헬스케어 분야에서 내부뿐만 아니라 외부와 손잡고 협업하는 것은 생존의 첫째 요소다. 개인의 협력에서 나아가 팀 간의 협력, 부서 간의 협력, 나라 간의 협력, 글로벌 팀과 로컬 팀 간의 협력, 우리 회사와 다른 회사 간의 협력, 정말 협력의 형태는 무궁무진하다.

*

100년, 150년 넘는 역사를 쌓아온 글로벌 기업의 조직적 차별성과 경쟁력은 이 협업에 있다고 생각한다. 거대한 함선 같은 글로벌 조직의 복잡성과 스케일 때문에 움직임이 더딜 수 있는 규모의 함정을 극복하고 민첩하고 유연하게 협업하는 것이 글로벌 조직 협업의 화룡점정이다.

　나는 검은색과 흰색의 중간에 있으면서 다른 빛깔을 섞으면 더욱 풍부해지는 회색을 좋아한다. 그런데 일을 할 경우 이 회색 지대 때문에 뒷목을 잡을 때가 의외로 많다. 이 일이 내 일인지, 우리 팀 일인지, 혹은 어느 정도 관여해야 할지 알기 어려워 책임과 역할을 두고 선을 긋기가 보통 어렵고 복잡한 게 아니다. 딱히 어디에 속해 있지 않아서 애매모호한 책임과 역할의 분배 과정은 사실 말로 하면 명확한 듯하지만, 현실에선 대단히 복잡하고 고통스러운 과정이다. 같은 언어를 쓰는 한국 사람들끼리 일을 해도 그럴진대, 전 세계에 흩어진 사람들의 역할이 수직적 수평적으로 촘촘히 나뉘어 있는 글로벌 매트릭스 조직에서 해답을 찾아가는 과정은 훨씬 난이도가 높을 수밖에 없다.

특정 사안의 담당자를 찾는 이메일이 지구 한 바퀴를 돌아 다시 나에게 돌아올 때 '차라리 내가 해버리고 말지', 이런 생각이 든다. 그렇다고 덥석 결정할 수도 없으니, 향후 수많은 업무 협조에서 선례로 자리 잡을 수 있고, 무엇보다 정말 우리 팀이 이끌어가야 하는 일인지 고민이 되기 때문이다. 높은 역량을 갖춘 조직일수록 이 회색 지대 관리가 매끄럽다.

일터에서 가장 어렵다는 사람 관계의 문제는 대개 협업 과정에서 불거진다. 사실 별의별 상황들이 다 일어난다. 맡은 역할을 외면하는 것도 문제인데 전체 그림을 생각하지 않고 의욕만 앞서서 타인의 구간을 자기가 뛰어서 전체 페이스를 흐뜨려놓는 것도 문제다. "우리 부서는 원래 그렇게 일한다" 혹은 "내가 일을 잘하려고 하는데 뭐가 문제냐"라고 하면 같이 일하는 사람들은 뒷목을 잡으며, "사람 자체는 좋은 것 같은데 일만 같이 안 하면 참 좋겠다"라며 서로를 위로하기도 한다. 개인이 아니라 다른 부서끼리 부딪히는 '부서이기주의'가 등장하면 상황은 더욱 심각해진다.

*

협업이란 이렇게 많은 에너지와 시간이 들어가고 갈등의 위험성도 높아지는 일이다. 그럼에도 불구하고 각자의 역할을 극대화하고 다른 의견들을 받아들이면서 이루어내는 결실은 어느 개인이나 단일 팀이 이룰 수 있는 성과와는 수준이 다르다. 그래서 글로벌 기업 같은 조직에서는 성공적인 팀워크를 이루기 위해 개인과 조직 차원의 역량을 강화하고 문화적 토양을 만들어내는 데 지대한 노력을 쏟는다.

누구의 역할인지가 분명치 않을 때 누가, 무엇을, 언제까지 할지 또 어떤 방식으로 협력할지, 이 네 가지를 기본 지침으로 삼는다. 협업을 할 때 각자의 역할을 어떻게 나눌지 제시하는 길라잡이도 있다. 요즘엔 D.A.I라고 해서 의사결정권자(Decision maker), 조언자(Adviser), 공유자(Informed stakeholder)로 나누는 방식도 많이 쓴다. 유럽계 글로벌 제약 기업에 다니는 친구가 말했다. "처음엔 너무 작위적인 접근 방식 아닌가 했는데, 어떤 사안에 대해 논의를 시작할 때부터 역할을 단순화해서 못 박으니까 확실히 의사결정 과정이 빨라지고 분명해지는 것 같아." 이런 원칙을 활용해 어떤 방식으로 협업할지, 틀을 세우는 것이 일의 중요한 일부가 되는 셈이다.

누가 어떤 역할을 맡는지도 중요하지만, 협업에서 가장 중요한 일은 방향성에 합의하고 목표에 대한 확실한 공감대를 형성하는 것이다. 우리가 왜 이 일을 하는지, 무엇을 어떻게 언제까지 달성하고 싶은지를 두고 끊임없이 논의하고 안테나를 세우고 같은 수준의 이해도를 유지해야 한다. 글로벌 제약 기업에 다니며 정부와 묵직한 논의를 많이 해온 친구는 "정부와의 논의보다 사내 협의 과정에 너무 많은 에너지를 쓰곤 한다"고 말한다. 그러면서 "전체 그림을 보여주고 각 구간에서 각자 하는 일의 의미를 명확히 알려주는 게, 의미 있는 협업을 이끌어내는 데 아주 중요했어. 이런 밑 작업을 튼튼히 해놓지 않으면 자기 일만 열심히 하다가 오히려 서로 탓하는 경우가 생기더라"라고 했다.

화이자 뉴욕 본사에서 근무할 때 내가 맡았던 일 중 하나가, 약제를 개발도상국에 출시하는 전 과정에서 글로벌 팀, 지역본부, 해당 국가의 각 부서들이 촘촘히 배턴을 이어받아 협업할 수 있게 하는 것이었다. 본사에 갔을 때 방대한 출시 전략 자료가 곳곳에 준비돼 있어서 놀랐는데, 각자 최선을 다해 자기 역할을 수행하는 데 비해 이들을 연결하는 운영 방식엔 개선해야 할 점이 의외로 많다는 점에 더욱 놀랐다.

각자 주어진 구간에서 혼자, 때로는 여럿이 달려야 한다는 점에서 나는 이 프로젝트 제목을 '릴레이 론치(Relay Launch)'라고 붙였다. 제품 허가 구간과 보험 구간, 그리고 론치 구간에서 대표 주자는 매번 바뀌었다. 또한 여러 팀이 이어달리기를 할 때 가장 중요한 점은 마지막 주자의 골인에 성패가 달려 있다는 것이다. 내 구간에서 내가 얼마나 잘 달렸느냐가 아니라, 전체 팀이 맡은 구간을 각자 어떻게 달려서 마무리했고 그런 가운데 내가 얼마나 기여했는가가 중요하다.

출신과 배경, 과거 경험들이 다른 사람들이 모인 조직에서 서로 이해하고 양보하고 뭔가를 만들어가는 일이 어디 쉽겠는가. 인간이니 감정이 앞설 때도 있지만, 객관화하기 어려운 상황에서도 객관적으로 보려고 노력했는데 이런 점이 어려운 실전을 치르는 데 도움이 되었다. 나와 다른 타 부서의 입장 때문에 어려움을 겪을 때는 해당 부서 관점의 모자를 써보고 신발도 신어보려고 애를 썼다. '그들 입장은 왜 그렇게 다를까'에 대해 내 안에서 정리가 되면 다음 논의를 이어가기가 조금 수월해졌다. "당신이 틀렸다는 게 아니라 우리가 다르다는 걸 인정한다"는 마음이 상대방에게 전해지나 보다.

애플 사의 창업자 스티브 잡스는 사업 모델을 영국의 록밴드 비틀스에게 배웠다고 말했다. 비틀스 멤버 네 사람은 극도로 개성이 강한 인물들이었으나 서로 균형을 맞추었고 이렇게 이룬 전체는 각 개인의 합보다 훨씬 크고 훌륭했다는 것이다. 그래서 잡스는 "비즈니스에서 위대한 업적은 결코 한 사람에 의해 이루어지지 않는다. 그것은 팀에 의해 이루어진다"라고 말하며 협업의 정신을 강조했다.

사회 초년병 시절에 일은 내 '개인기'를 통해 성과를 내는 거라고 생각했는데 연차가 쌓이고 복잡한 구조에서 일을 하면서 생각이 바뀌었다. 개인의 탁월함은 복잡하고 민감한 상황을 헤쳐가며 남들과 협력해 결실을 이루는 데서 더 빛날 수 있다는 걸 깨달았다. 작은 가능성을 현실화하기 위해 많은 사람이 모여서 부대끼며 치열하게 싸우고 꿈을 이뤄가는 과정이 참으로 숭고하구나 싶다. 늘 생각지도 못한 어렵고 복잡한 문제가 터지지만 문제는 풀라고 생기는 법. 이 문제를 풀어내고 퍼즐을 맞춰가는 과정에서 나는 또 얼마나 배우고 성장할까.

실패를 대하는 자세, 회복탄력성

내가 다닌 초등학교는 학생들의 '일기 쓰기'에 진심이라 교장 선생님이 아이들 일기장을 일일이 확인하고 졸업할 때 학생에게 일기 최우수상까지 주었다. 덕분에 어렸을 적부터 책을 참 많이 읽었고 꼬박꼬박 일기를 썼다. 열한 살 때였을까, 엄마를 따라 명동 중앙극장에서 친구와 같이 본 영화 〈바람과 함께 사라지다〉는 충격 그 자체였다. 난생처음 경양식집에서 먹어본 비프까스도 맛있었고 군밤을 사서 영화관에 들어가는 것도 낭만적이라 너무 좋았지만 미국 남북전쟁이라는 시대의 한 페이지를 살아간 인간 스칼렛 오하라의 삶에 더 흠뻑 빠져들었다. 영화를 본 뒤엔 글자가 빼곡하게 세로로 적혀 있는 두꺼운 책을 줄을 쳐가며 읽고 스칼렛과 레트의 대사를 외우기도 했다. 내 일기는 온통 〈바람과 함께 사라지다〉로 가득했다.

비비언 리가 맡은 스칼렛의 아름다운 외모도 매력적이었지만 더 강렬했던 것은 고난에 맞닥뜨리지만 이를 극복해가는 스칼렛의 오기와 집념, 맷집이었다. 영화에서 스칼렛은 붉게 타오르는 하늘을 배경으로, 폐허가 된 고향 타라의 땅에 서서 기도하며 맹세한다. "다시는 배고파하지 않을 거야." 땅에 심겨진 당근을 뿌리째 캐서 미친 듯이 먹던 그의 검은 실루엣은 막 사춘기에 접어든 소녀의 마음을 송두리째 앗아갔다. 설명하기 어려웠지만 어쩐지 아름답고 멋있다는 생각이 들었다.

그게 시작이었을까. 살면서 내 마음대로 안 되는 일이 숱하게 많았고 속상해하고 울기도 했지만, 나는 넘어지고 실패해도 다시 일어서는 투지의 힘을 믿게 되었다. 실패라는 과정을 통과할 때는 힘겹고 아프지만, 이렇게 통과한 뒤에는 한 뼘 더 성장한다는 사실 또한 믿는다. 그래서 어려움이 닥칠 때, 이 믿음으로 버티다 보면 벽을 이미 넘어선 나를 발견한다. 물론 생각지 못한 또 다른 벽이 찾아와 나를 가로막겠지만.

*

많은 경영 서적에서 말하는 '회복탄력성(Resilience)'은 넘어져도 다시 일어나는 오뚝이 정신을 뜻한다. 100년 넘게 지속된 글로벌 기업들도 실패를 극복하고 목표를 달성하기 위해 다시 일어서고 승리하는 이 회복탄력성을 조직 운영의 근간으로 삼는다. 이렇게 실패를 통해 배우고 성장하는 문화를 강조하지만, 솔직히 비즈니스를 이끄는 리더들에게 팀원들의 실패가 달가울 리는 없다. 장애물을 만났더라도 빨리 방향을 바꿔 항해를 이어나가야 하는 기업 입장에선 기다려줄 시간이 별로 없다. 그러니 회복탄력성을 강조할 때도 방점은 실패가 아니라 성공에 찍는다. 동시에 글로벌 기업은 기업 명성이나 비즈니스 자체에 회복 불가능한 영향을 끼친다면야 모를까, 실패 자체를 문책하고 지적하지는 않으려고 애를 쓴다. 실패를 통해 배워서 더 크게 도약하는 것을 오히려 강조한다. 어떤 기업이 100년, 150년 넘게 생명을 이어갈 수 있는 데는 이런 가치가 기반에 깔려 있기 때문일 터다.

미국 본사에 있는 나의 빅 보스가 '반복되는 실패는 습관이 될 수 있다'고 말했는데 고개가 끄덕여졌다. "부하 직원이 실패했을 때, 당장 손실을 막으려고 개입하고 싶은 유혹을 받을 수 있다. 하지만 실패하도록 그냥 두는 편이 낫다. 그래야 교훈을 얻고 실패를 반복하지 않는다."

경험이 쌓일수록 실패 이후의 성공뿐 아니라, '성공 이전의 실패'에 자꾸 관심이 가기 시작했다. '실패에서 배우지 못하는 것이 더 큰 실패'라는 말도 있지 않은가. 그러니 실패의 시간을 좀 더 들여다보면 어떨까. 세상은 실패 위에 세운 성공에 집중하고 칭찬하지만, 실패로 인한 고통과 좌절의 시간은 주목하지 않는다. 하지만 우리 모두 알다시피 실패와 좌절 없는 성공은 거의 없다. 남아프리카 공화국 민주화의 아버지인 넬슨 만델라는 말했다. "얼마나 많은 성공을 했느냐로 저를 평가하지 말고, 제가 얼마나 많이 넘어지고 다시 일어섰는지로 평가해주세요." 매일 매일 우리는 얼마나 많이 넘어지고 또 일어나고 있을까.

문득 우리가 흔히 말하는 실패란 어떤 상태를 의미할까, 생각해보게 된다. 시간과 노력을 쏟았지만 뜻한 바를 이루지 못하면 이것을 실패라고 해야 할지, 내 의지와 무관하게 고난에 맞닥뜨려 목표를 달성하지 못하면 이 역시 실패라고 해야 할지……. 한 가지는 확실한 것 같다. 실패는 우리의 부족한 점을 깨닫고 보완할 경우, 성공이라는 목표로 가는 중간 지점 어딘가에 있다는 것이다.

미국의 작가이자 디지털 혁신 분야의 권위자인 제이 새밋은 실패하는 것(Failing)과 실패한 것(Failure) 사이엔 큰 차이가 있다고 한다. 전자는 일시적으로 장벽을 만났지만 여기서 얻은 교훈을 성공의 이정표로 삼는 것으로, 좌절하고 포기한 상태의 실패(Failure)와 다르다고 했다. 영국 작가 조앤 롤링은 『해리포터와 마법사의 돌』을 출간하기 전에 열두 개 출판사에서 거절당하며 글을 다듬어나갔고, 미국의 유명 토크쇼 진행자 오프라 윈프리는 텔레비전 진행자로 적합하지 않다는 혹평을 받았다고 한다. 이들에게 초반의 실패는 향후 엄청난 성공의 밑거름이 되었다.

나도 일터에서 몇 번 실패를 경험했다. 이전 회사에 근무하던 시절, 오랫동안 대외협력 및 약가 보험을 담당하면서 정체되어 있다는 느낌을 받았고 내 업무 분야를 확장할 필요가 있다는 생각을 했다. 나중에 더 큰 역할을 맡기 위해서라도 지원 부서가 아니라, 비즈니스를 전면에서 이끄는 사업부 경험이 꼭 필요하겠다 싶었다. 내부 지원 절차를 거쳐 한 사업부 대표 자리에 도전을 했다. '나 정도는 무난히 뽑아주겠지' 하는 안이한 마음 때문이었을까. 보기 좋게 떨어지고 상당한 낙담에 빠졌다. 그동안 앞만 보고 순탄하게 달려왔던 나로서는 오랜만에 강편치를 맞은 느낌이었다. 사업부 업무를 영영 경험해보지 못하는 걸까, 지금 인정받는 것에 만족하고 포기해야 할까, 많은 생각이 들었다.

그렇게 시간을 흘려보낼 순 없었다. 정신을 차리고 나의 현주소를 냉정하게 점검해보았다. 내가 잘하는 영역, 편안한 영역에서 벗어나 익숙지 않은 영역으로 도전하는데 준비가 부족했구나 반성하기도 했다. 채우고 메워나갈 부분이 무엇인지를 찾아가며 준비한 결과 한 사업부의 마케팅 책임자로 일할 기회를 얻었다. 과거에 내가 승진할 때 "축하합니다. 밥 사주세요" 하던 직원들에게서 이번엔 "어떻게 그런 어려운 결정을 하셨나요? 정말 용기가 대단하다"는 반응이 나왔다.

깨알 같은 숫자가 끝도 없이 펼쳐진 손익 자료들을 분석하며 밤늦게까지 배우고 익혔다. 오랜만에 경험하는 새로운 자극에 다시 가슴이 뛰었다. 이전과는 다른 각도에서 비즈니스를 보다 입체적으로 이해하게 되는 듯했고, 무엇보다 새로운 도전이 자신감을 북돋워주었다.

이후 사내에서 아시아태평양 지역의 한 국가 지사장을 뽑는다는 소식을 듣고는 '이번이 기회다' 싶었다. 인터뷰를 앞두고 도움을 줄 수 있는 사람들에게 조언을 구하며 최선을 다해 준비했다. 최종 후보자 3인에까지 올라갔지만 사업부를 20여 년 이끌어온 경쟁자들의 벽을 넘지 못했다. 한데 후회 없이 최선을 다하고 나니 실패한 것 같은 심정이 아니었다. 기자 일 하다가 낯선 글로벌 기업에 와서 한 마켓의 지사장 자리에 도전하고 수많은 인터뷰를 해보는 경험 자체에 의미를 두었다. 이 경험을 해본 나와 그렇지 않은 나는 분명히 다르리라.

돌아보면 이때 안온한 영역에 머무르지 않고 도전해보고, 실패한 뒤 다시 도전해본 여정이 지금 이 길을 걷는 데에도 디딤돌이 되었다. 내가 해낼 수 있다는 생각을 버리지 않는 한 다시 기회가 온다는 것, 한 단계 더 성장하기 위해서는 지금의 '안전지대'를 벗어날 용기를 가져야 한다는 것을 온몸으로 배웠다.

실패가 피할 수 없는 여정이라 하더라도, 어떤 마음과 자세로 이를 딛고 일어서는지가 중요하다. 친한 선배가 일터에서 어려움을 겪으면서 큰 도움과 위로가 되었던 책의 한 구절을 나누어 주었다. 이렇게 어려운 시간을 훗날 내가 어떻게 이름 지을지를 생각해보라는 대목이었다. 그런 시간이 누구에겐 방학일 수도 있고 쉼표일 수도 있을 터다. 어려운 순간을 내가 조금이라도 더 객관화해서 받아들였다면 어땠을까 하는 생각이 스쳐 지나기도 한다.

한 경영자 코칭 클래스에서 "눈을 감고 직장에서 실패했거나 고통스러웠던 순간을 떠올리라"고 하더니 "5층, 15층으로 더 높이 올라가서 이 상황을 내려다본다 여기고 다시 느껴보라"는 것이었다. 당장은 물에 빠져 허우적거리는 것처럼 답답하지만, 제3의 관점에서 재해석한다면 자유로움과 다시 일어설 힘을 느낄 수 있을 것이다. 불행의 기준을 바꾸면 회복 능력이 생긴다는 말과도 맥락이 같다.

내가 좋아하는 오펜바흐의 오페라 〈호프만의 이야기〉 중 마지막에 이런 장면이 나온다. 사랑하는 여성들을 좇다가 비탄에 빠지고 자포자기한 주인공 호프만에게 뮤즈가 나타나 말한다. "인간은 사랑을 통해 성장하지만 눈물과 시련이 너를 훨씬 더 많이 성장시킬 것이다."

늘 조언과 지지를 아끼지 않았던 선배는 하던 일이 안 되어 마음이 쪼그라들어 잔뜩 주눅 들어 있는 내게 이렇게 말했다. "너의 가장 큰 문제는 네 능력이 어디까지 뻗어갈 수 있는지 모른다는 데 있어. 그 고무줄이 어디까지 늘어날지 모르는 거야." 그렇다. 티백이 얼마나 깊은 향을 뿜어내는지는 뜨거운 물에 담그기 전까지는 모르는 거다. 나무들도 얼마나 강인한지를 평상시에는 모른다. 폭풍우가 몰아친 후에야 어떤 나무의 뿌리가 깊은지 알 수 있지 않은가. 그러니 지금 주어진 폭풍우 속을 통과하는 여정이 헛되지 않게 앞으로 걸어가야지.

119.

글로벌 기업의 핵심 가치

―다양성, 형평성, 그리고 포용성

기자 시절, 핀란드 산타 마을에 취재를 갔다. 크리스마스 무렵이었는데 오전 11시가 돼서야 조금 환해지다가 오후 2시부터 어두워지기 시작해 3시면 사방이 칠흑 같은 어둠으로 가득 찼다. 하루는 산타클로스 우체국에 들렀더니 세계 각국의 아이들이 보낸 편지가 국가 이름이 적혀 있는 우편함에 수북이 쌓여 있었다. 한두 개씩 읽다가 점점 사연에 빠져들어 몇 시간이나 서서 읽었다.

전쟁을 겪고 있는 소말리아에 사는 아이는 '제발 우리 할머니를 살려주세요'라고 썼고, 일본의 몇몇 아이들은 '다음엔 닌텐도 시리즈 ○○을 선물로 받고 싶다'라고 했다. 한국 아이들은 대부분 '산타 할아버지, 아빠 엄마 말 잘 들었으니 선물을 주세요'라는 식이었다. 아이들이 사는 나라와 문화, 처한 상황에 따라 바라는 것이나 소망하는 방식이 정말 달랐다. 본인의 바람을 에둘러 적은 아이가 있는가 하면 갖고 싶은 선물을 구체적으로 잡지에서 오려 붙인 아이도 있었다. 이 편지들을 보면서 문득 '다름'에 대해 곱씹어보게 되었다.

기자로 일하면서 세상의 다양함을 관찰하고 다양한 사람의 목소리를 담아내는 일을 많이 했다. 평범한 사람보다는 남들과 다른 사람들, 다른 이들이 관심을 두지 않는 소재들이 기삿감이었다. 다름을 찾아가는 작업이 늘 흥미로웠는데, 글로벌 기업에 와보니 다양성과 다름은 또 다른 방식으로 조직에 녹아들어 강조되고 있었다.

이제는 남들의 다름을 관찰하는 데 그치지 않는다. 내가 남과 다름에 집중하고 이 다름을 나 스스로 소화하고 해석해야 하는 것이다.

*

글로벌 기업에 다니면서 'DE&I'라는 단어는 지나칠 수가 없다. 다양성(Diversity), 형평성(Equity)과 포용성(Inclusion). 최근 DE&I는 기업들이 내세우는 가치나 조직 문화에 곧잘 등장하는데 글로벌 기업에서는 어떤 경우에도 타협할 수 없는 핵심 가치로 살아 움직인다. 우선 다양성을 들여다보자. 조직 내부의 다양성이라고 하니, 단일민족국가인 대한민국 땅에서 일하는 나로서는 처음엔 잘 와닿지 않았다. 그런데 이 주제로 열린 워크숍에 참석하며 15년 넘게 교육을 받고 체질을 강화한 덕일까. 다양성에 대한 내 생각은 계속 진화한다. 우리는 나이와 성별처럼 한눈에 구별되는 다름뿐 아니라 각자의 강점, 성향, 소속, 경험 같은 보이지 않는 다름을 안고 산다.

이 다름은 어려움과 잡음을 낳기도 하는데, 개인과 조직이 다름을 어떻게 소화하여 다음 단계로 도약하는지에 따라 경쟁력과 영향력이 달라진다. 배경이 동일한 사람들이 비슷한 생각과 방식으로 운영하는 조직이 아니라 다른 사람들이 와글와글 시끌시끌 소리 내고 부딪히며 만들어가는 조직, 원하든 원치 않든 다른 사람의 신발과 모자를 억지로라도 써보며 다름을 인정하고 포용하도록 독려하는 조직이 글로벌 기업이다.

왜 그럴까. 이 원칙을 잘 받아들여 적용할 때 개인은 더 영향력 있는 사람이 되어 원하는 바를 이룰 수 있고, 조직은 생산성과 경쟁력을 확보해서 지속가능한 성장을 달성할 수 있다고 보기 때문이다. 내가 만나본 여러 글로벌 기업 사람들은 "초기엔 비슷한 사람들끼리 일하는 조직의 업무 생산성이 높은데 그런 조직 문화는 성장에 한계를 보인다"며 "초반 업무 생산성이 다소 떨어지더라도 다른 배경, 다른 사람들이 함께 나누고 일할 때, 훨씬 더 크게 성장하고 조직 문화의 깊이를 경험할 수 있다"고들 말한다.

글로벌 기업들은 요즘같이 급변하고 불확실성이 높은 환경에서 다양한 생각을 포용하는 것이야말로 기업의 성공 확률을 높여주는 요소로 본다. "위대한 생각들은 비슷하게 생각해선 나오지 않는다. 다르게 생각해야 나온다. 그렇게 해야 더 나은 결정을 끌어내고, 더 지혜롭게 문제를 해결할 수 있을 것이다." 이전에 일했던 회사의 DE&I 관련 자료에서 접한 글이다.

글로벌 비즈니스 조직에선 끊임없이 다름을 이해하고 포용하는 근육을 만들라고 한다. 내부적으론 서로의 다름을 포용하고 협력하면서 조직의 경쟁력을 강화하는 것을 우선 강조하는데 여기에 그치지 않는다. 고객 혹은 소비자의 다양성을 고려하는 것을 비즈니스 성장의 절대적인 요소로 본다. 세계적인 소비재 회사의 글로벌 대표인 선배는 "전 세계에 있는 국적, 문화, 배경이 다른 고객들의 입맛을 맞춰야 하는 우리에게 다양한 사고와 문화를 추진하는 것은 사회에 대한 책임일 뿐 아니라 비즈니스 성공을 위해 내려야 할 중요한 결정 요소"라고 했다. 넷플릭스 같은 엔터테인먼트 기업의 경우 영상에 등장하는 사람들과 제작 집단 내부의 다양성과 포용성을 확보하는 것이 기본 중의 기본으로 알려져 있다. 실제로 그런 노력이 작품의 흥행을 이끌어 수익성을 높이고 결국 재무적 성과로 이어진다고 한다.

끊임없이 혁신을 추구해야 하는 글로벌 헬스케어 산업에서도 다양성과 포용성의 문화가 새로운 아이디어의 원천이자 혁신을 견인하는 요소라고 본다. 이른바 '형평성'도 회사가 서비스하는 환자의 다양성을 반영하는 차원에서 설명한다. 헬스케어 기업들은 의료 형평성의 간극을 메우며 중요하고 지속적인 변화를 끌어내는 것을 기업의 책임으로 본다. 예를 들어, 연구 개빌과 임상시험에서 환자가 더 쉽게 참여할 수 있도록 장벽을 제거하고 특정 인종 같은 소수자 공동체에 대한 신뢰를 쌓을 것을 강조하고 있다.

글로벌 기업은 DE&I를 아주 구체적이고 계획적으로 이끌어간다. 수십 명, 수백 명 모이는 글로벌 미팅에서도 이와 관련한 상황극이나 워크숍이 열린다. 뉴욕에서 열리는 글로벌 미팅에 갔다가 DE&I를 주제로 한 상황극을 접했다. 연극배우들이 회사에서 매일 벌어지는 일들을 소재로 삼아 연기를 했다. 사무실에서 나누는 대화가 바로 대사였는데, 사회자가 '스톱'을 외치면 배우들은 동작을 멈췄다. 그리고 이 상황에 대한 토론이 시작됐다. "이 장면에서 조직의 다양성을 해하는 장애물이 있었다고 보는가, 있다면 무엇인가?" "이 대화에서 발견한 편견들은 무엇인가?" "나는 평소 ○○○처럼 거리낌 없이 하고 싶은 말을 하는가" 등이었다. 연극배우까지 동원된 상황극의 잔상이 한동안 오래 남았다.

새해를 맞아 유럽에서 열린 글로벌 미팅에 갔다가 '다양성에 있어서의 성장' 워크숍에 참석했었다. 환자들의 삶에 영향을 미치고, 자기 경력과 능력을 개발하기 위해 우리는 어떻게 성장해야 하는가를 논의했다. 그중에서 문화라는 관점에서 조직 내 다양성을 얼마나 보듬을지, 다양성을 포용하는 리더십은 어떻게 키울지, 그리고 우리 내면의 편견과 선입관을 얼마나 떨쳐버릴 수 있을지 등이 토론 주제였다.

"다양성이라고 하면 무슨 생각부터 드나요?" 사회자의 질문에 스웨덴에서 온 남성 동료는 "여성들이 숫적으로 우세하고 중요한 역할을 하고 있어서 그런지 여성보다는 남성 직원들에 대한 다양성을 먼저 고려해야 한다는 생각이 떠오른다"고 했다. 정치 경제 사회 전반에 걸쳐 여성 리더들의 약진이 두드러지는 북유럽의 상황에서 그럴 수 있겠다 싶었다.

"처음엔 다양성이라고 하면 국적이나 인종, 민족 같은 개념부터 떠올랐어요. 그런데 의학, 마케팅 분야 직원들의 배경과 전문성에 따라서도 일하는 방식과 사고가 참 다양한 것 같아요." 내가 말하자 다들 고개를 끄덕였다. 프랑스에서 온 동료는 "나는 자신이 남들을 참 잘 배려하고 이해한다고 여기고 살았는데 '무의식 편견' 워크숍에 갔다가 내가 얼마나 심한 편견덩어리인지 깨닫고 깜짝 놀랐다"고도 했다.

워크숍을 시작할 때는 다들 '바쁜데 이런 걸 또 왜 하나', 이런 생각을 하는 듯했다. 그런데 몇 시간 동안 대화를 나누니 참어자들 목소리가 커지고, 다들 할 말들이 많아졌다. 그동안 잘 쓰지 않았던 뇌 회로가 굴러가기 시작했다. 다양성을 얼마나 확보하고 운영 전반에 얼마나 적용할지에 조직의 성장이 달려 있다는 결론을 내리고 토론을 마무리했다.

글로벌 기업들은 이런 워크숍을 운영하는 데 그치지 않고, 아예

DE&I 담당자를 두거나 지역이나 로컬의 우수한 리더들에게 이 가치를 드높이는 조직 내 '대표 선수'(보통 챔피언이라고 한다) 역할을 맡긴다. 또 여성, 아시아인, 장애인, 성소수자 등을 위한 개별 위원회가 운영된다. 말로만 중요하다고 하는 게 아니라, 아예 시스템을 마련해서 리더들이 다양성 가치의 전도사로 목소리를 높이게 하는 식이다.

마켓별로 우선순위는 조금 다르겠지만 대개 다양성의 시작점은 성별에 있는 것 같다. 성별 제한 없이 능력을 발휘하고 평가받는 문화를 지향한다. 전체 직원 수에서 남녀 비율을 살피는 게 아니라, 매니저와 임원급에서 여성들이 얼마나, 어떻게 분포돼 있는지를 살펴보고 향후 전략을 짠다. 상대적으로 여성의 비율이 낮은 아시아뿐 아니라, 이미 남녀 성비가 충분히 균형을 이루었다고 보는 마켓에서도 끊임없이 여성 리더들이 소외되지 않게 하는 장치들을 운용한다.

수년 전 화이자에서 아시안 얼라이언스(연합)의 한국 대표 역할을 맡았다. 글로벌 기업은 다양성이라는 핵심 주제를 이끌어가는 플랫폼으로 '아시안 얼라이언스'나 '아프리칸 얼라이언스' '라틴 얼라이언스'를 두기도 한다. 개인이 알아서 다양성을 실천하리라 믿고 그냥 두는 게 아니라, 끊임없이 제동을 걸면서 소수의 목소리가 묻히지 않도록 회사가 개입하는 것이다.

우리가 미국 회사라고 해서 너무 미국 중심으로 의사결정을 하고 있지는 않는지, 아시아 출신이라는 이유로 승진이나 기회에 차별을 주진 않았는지, 아시아 문화와 글로벌 문화의 간극이 있다면 어떻게 메워야 할지를 끊임없이 돌아보게 한다. 이때 아시아 출신에게 있을 수도 있는 조직 내 한계를 표현한 '대나무 천장'이라는 단어도 처음 들었다. 여성이 감당해야 하는 유리 천장의 다른 버전이었다. 요즘은 채용이나 승진에서 성소수자에게 불이익을 주지 않았는지를 확인하는 글로벌 기업도 있다고 한다.

개인적으론 우리 안의 '무의식적인 편견'에 대한 이야기를 나눈 워크숍이 가장 인상적이었다. 다양성과 포용성 워크숍에서 채용 면접을 한 다음 함께 면접관으로 참여한 타 부서 동료와 대화를 나누는 상황이 주어졌다. "면접을 하면서 후보자가 특정 회사 출신이라서 가진 편견은 없었나요?" "혹시 시간에 쫓겨 급하게 의사결정을 내리진 않았습니까?" 이어 강사가 질문을 던졌다. "나와 배경이 비슷한 사람을 선호하거나, 최근에 얻은 정보에 기반해 의사결정을 내리거나, 자신이 기대하는 바에 따라 생각하려고 하진 않으세요? 다 무의식적 편견입니다."

천성적으로 나는 다양성을 잘 받아들이고, 잘 보듬고, 존중하는 사람이라고 생각했다. 그런데 '무의식적 편견'을 주제로 한 토론에 참여하고 나니, 내가 그간 쌓아온 지식과 경험이 의외로 내 안에 편견과 고정관념을 만들었구나 싶었다. '이 나라 사람들은 이러이러할 것이다' '내가 그 지역에 살아보니 그러했다' '예전에 취재를 많이 해봐서 안다'와 같은 생각 말이다. 그렇게 쌓아온 수많은 기억이며 단상들이 세상을 살아가는 지혜와 노하우인 줄 알았다. 경험에서 온전히 자유로울 순 없겠지만, 어떤 상황에서는 생각의 한계를 부숴버리는 노력을 의식적으로 하는 편이다. 이렇게 노력만 해도 이전과는 조금 달라지는 것 같다.

다름을 이유로 한계를 긋는 게 아니라 다름을 포용함으로써 우리는 서로에게 배우고 함께 일하는 데서 보람을 느끼게 된다. 또 비즈니스 역시 더 크게 성장할 수 있다. 이야말로 글로벌 차원에서 강조하는 다양성과 포용의 가치가 아닐까 싶다. 2024년 현재 국적, 인종, 성별, 출신, 나이에 우리 기업과 사회는, 그리고 나 자신은 어떻게 생각하고 반응하고 있는가를 돌아보게 된다.

회사의 철학을 구체화하는 지속적인 캠페인

내가 몸담고 있는 회사는 지난해 대규모 조직 개편을 했다. '새로운 존슨앤드존슨'을 발표하면서 강조한 점이 있다. 지금의 회사로 성장하는 데 근간이 된 철학으로 '크레도(Credo, 신조)'를 발표한 지 80주년을 맞이했다는 것이다. 회사의 최고 책임자들은 타운홀 미팅 자리에서 "이것 때문에 제가 이 회사에 입사하진 않았지만 20년 넘게 일할 수 있었던 것은 크레도 덕분"이라고 입을 모은다.

크레도에는 먼저 고객, 다음 직원, 이어 지역사회, 주주에 대한 회사의 책임이 상세히 규정되어 있다. 이 사훈(社訓) 같은 크레도는 세계 곳곳에 자리 잡은 회사 사무실마다 걸려 있다. 서울 사무실에 첫 출근 했을 때도 맨 먼저 맞이해준 것은 패널에 영어로 쓰인 크레도였고, 중국 상하이 인근 쑤저우에 있는 공장에 갔을 때도 영어와 중국어로 커다랗게 쓰인 이 크레도가 제일 먼저 눈에 들어왔다. 실제 복잡한 문제를 놓고 회의를 할 때도 한 해를 마무리하며 상을 줄 인재를 선발할 때도 이 '크레도'에 대한 이야기가 자주 등장한다.

수많은 글로벌 기업들이 자사의 존재 이유와 비전을 강조하면서 표어나 신조들을 내세운다. 기업이 어딘가로 나아갈 때 방향을 가리키는 나침반이자 이정표다. 조직은 그런 비전과 방향성이 액자에 담긴 선언문으로 그치지 않고 조직 내 의사결정과 행동에 구체적으로 녹아들도록 각고의 노력을 기울인다.

전 세계에 산재해 있는 백 수십 개 마켓이 일사불란하게 그런 가치와 목표 아래 움직여야 하니, 그럴 만도 하다. 실제 다른 글로벌 제약회사의 사무실에 가봐도 다들 '혁신'과 '과학', '환자'를 중심에 놓은 기업의 철학과 비전이 담긴 표어가 곳곳에 걸려 있었다.

*

글로벌 기업에 입사하기 전에도 회사들이 내세우는 캐치프레이즈나 캠페인을 많이 접했다. 이런 것들이 소비자들이 접하는 제품이나 회사의 인상에 많은 영향을 준다. 170개 마켓에 진출해 있는 글로벌 기업의 경우 이것이 전 세계에 흩어진 수천 수만 명의 직원들을 하나로 이어 통합하는 끈 역할을 한다.

세계적인 소비재 기업의 한국 지사장은 "'우리의 운명은 우리 자신이 결정하자'라는 슬로건이 전 사적으로 강조된 적이 있다"라고 했다. 유럽계 사탕 회사의 한국 지사장은 수년 전 회사의 슬로건이 '경쾌하고 발랄한 삶'이었다고 했다. 그러면서 "사소한 것에 집착하거나 연연해하지 말고 경쾌하고 맑고 밝게 살자는 뜻"이라며 "기업 문화에 이를 어떻게 녹여낼지가 요즘 고민"이라고 말했다.

<u>직원들이 이런 비전과 철학을 얼마나 잘 공유하고 체화하는지가 가장 중요하다.</u> 직원들의 행동 변화, 나아가 기업 문화의 변화까지 끌어내야 하기 때문이다. 그래서 스토리텔링 못지않게 '스토리두잉

(story-doing)'이 중요하다. 또 회사에서는 '일하는 방식'과 관련한 캠페인을 많이 강조하기도 한다.

돌아보면 단골처럼 가장 많이 등장하는 가치는 '성장 마인드셋(Growth Mindset)'과 '학습 민첩성(Learning Agility)'이었다. 주어진 환경이 아무리 척박하고 어렵더라도 나는 어떻게 성장할지, 어떻게 배움을 얻고 나아갈지를 끊임없이 돌아보고 토론하며 마음의 근육을 키우게 한다.

수년 전 '변화와 더불어 성공하기(Thriving in Change)'라는 캠페인과 워크숍이 열렸다. 미국 본사 CEO를 비롯한 리더들이 각국 직원들과 화상 미팅으로 만났다. CEO는 어릴 적 아버지를 따라 다른 나라로 삶터를 옮기면서 처음으로 변화와 마주한 경험담을 나눴다. 이날 세계 각국 지사들은 일상 업무를 중단하고, 저마다 이 내용에 대한 워크숍을 열었다.

내 인생에서 급격한 변화를 겪은 때가 언제였고 그걸 어떻게 받아들였는지, 거기에 어떤 기회 요인이 있었는지, 어떤 도전을 해봤고 어떤 성장을 경험했는지를 수다를 떨듯 나누게 했다. 뉴욕에서 배달된 캐치프레이즈가 새겨진 알록달록한 스티커를 저마다 노트북 컴퓨터에 붙였다. 팀별로 향후 이것을 어떻게 실천할지 토론하고, 이를 맹세하는 모습을 촬영하고, 이 사진을 액자에 넣어 보관하게 했다. 그즈음, 맡았던 프로젝트를 어렵게 성취했을 때도 이 '변화와 더불어 성공하기' 캠페인을 활용해서 발표했던 기억이 난다.

최근에 글로벌 기업에 근무하는 친구들이 밥상머리에 앉아 '단순해지기(Simplicity)'라는 회사 캠페인을 두고 이야기했다. 거대하고 복잡한 조직 구조 안에서 어떻게 하면 좀 더 간결하고 효율적으로 일할지를 두고 다들 고민이 많다. 특히 코로나 팬데믹 시기에는 얼마나 빨리 백신과 치료제를 개발할지 또 이를 통해 환자나 국민들이 직접 혜택을 받을 수 있을지를 두고 전 세계인이 촉각을 곤두세웠다. 개별 회사의 노력만으로는 안 되고 정부를 비롯한 수많은 이해 당사자와의 신속한 협업이 너무나 중요하다는 사실을 모두 깨달았다.

글로벌 헬스케어 회사들에서는 '전광석화(Light speed)' '화산(Volcano)' 같은 이름의 캠페인들이 등장하기 시작했다. 외부 환경은 나날이 복잡다단해지는데 계속 기존 방식과 잣대를 고수하며 살 수는 없는 법. 그래서 '신중한 위험 감수(Thoughtful risk taking)'를 일컫는 TRT와 작은 위험도 회피하는 '세로 위험(zero risk)' 사이에서 업무를 돌아보고 조직 문화를 다잡는 움직임들이 한창이다.

*

원래 살아오던 방식을 바꾸는 일은 그리 쉽지 않아서, 회사는 조직의 문화와 체질을 재정의하고 변화시키기 위해 적극적이고 강력한 방식들을 동원한다. 예를 들어, 미팅 운영 방식을 보자. 관례적으로 하던 미팅들을 아예 다 없애고, 정말 꼭 필요한 미팅인지를 확인하고, 부서나 직급을 뛰어넘어 필요한 사람만 참석하게 하는 식이다. 효율성을 높이는 데엔 더없이 좋은 방법이겠지만 끊임없이 협업과 조율이 필요한 조직에서 미팅들을 다 없애버리면 부작용이 생길 수 있음을 감안해 부수 장치들도 마련해야 한다. 이런 캠페인들이 지향하는 바를 어떻게 관리하고 일상에 녹여낼 것인가를 두고 활발한 토론이 이어진다.

"아니, 왜 이렇게 밀어붙이는 방식으로 하는 걸까?" "거대한 함선의 방향을 바꾸려다 보니 그렇겠지. 하기야 쬐끔 강조하면 티라도 나겠어?" "지나치다 싶을 정도로 강하게 나가야 실제로 변화하고 개선되는 것 같기는 해." "끝도 없이 새로운 아이템들이 나오는 것도 신기해. 무슨 트렌드가 있나 봐." "코로나 이후에 확실히 웰빙이니 심리적인 안전지대니 하는 것들이 강조되는 듯하네." 실제 새로운 캠페인들이 등장할 때, 사내에서 "이번엔 또 무슨 주제로 정신 각성 운동을 시키려는 것이냐"는 볼멘소리들이 나왔다. 그런데 신기했다. 회사 캠페인 덕분에 "내 삶을 돌아보는 시간이 됐다" "집에 가서 우리 아이들에게도 토론을 시켜봐야겠다"는 반응들도 나왔다.

국내 대기업에서 일했던 직원은 "예전 국내 회사의 슬로건은 주로 성과에 초점을 맞춰 '우리가 일등' '이루고 달성하자'는 식이었는데 미국 회사에 오니 끊임없이 태도와 자세를 이야기한다"며 "개인의 이야기로 풀어가면서 각인시키는 방식 때문인지 더 구체적으로 와닿는다"라고 했다.

회사의 신조나 캐치프레이즈가 내 삶을 좌우하고 짓눌러서는 안 될 것이다. 그러나 내가 일하는 이유를 돌아보게 하고 이 거친 세상을 헤쳐 나가 행복하게 사는 길에 대한 지혜와 통찰을 준다면 마다할 게 아니다. 회사의 캐치프레이즈가 내 삶의 캐치프레이즈가 될 수도 있는 법!

나의 힘, 공감

주세페 베르디의 오페라 〈라 트라비아타〉는 귀족 청년 알프레도와 고급 창녀 비올레타의 사랑을 다룬 비극이다. 이 오페라는 처음부터 내 마음을 사로잡았다. 두 사람의 사랑 이야기가 펼쳐지는 대목이 아닌, 알프레도의 아버지인 조르주 제르몽이 비올레타를 찾아와 "제발 당신의 사랑을 포기하고 내 아들과 헤어져달라"고 말하는 대목 때문이다.

여느 막장 드라마라면 돈 봉투를 내밀며 이별을 요구할지 모르겠는데 제르몽은 점잖고 담담하게 딸 얘기를 꺼낸다. 내게는 금쪽같은 딸이 있는데 오빠인 알프레도와 관련한 소문 때문에 혼삿길이 막히게 되었으니, 제발 알프레도와 헤어져서 내 딸과 우리 가족을 살리는 천사가 되어달란다. 이별만은 못 하겠다던 비올레타가 결국 제르몽의 간청을 받아들인다. 기구한 운명에 결박당한 이 불쌍한 여성은 본인의 희생을 알아달라면서, 자신을 딸처럼 안아달라고 한다. 자기 가족의 행복을 위해 상대방에게 당신의 사랑을 포기해달라니, 자기 딸 귀한 줄 알면 다른 집 딸 귀한 줄도 알아야 하거늘……. 한편으론 내가 딸을 둔 아빠라고 생각해보니 이해가 전혀 안 가는 바는 아니다.

오페라의 매력을 누가 물어본다면, 입장이 서로 다른 등장인물에 돋보기를 대서 그 마음을 확대하고 헤집어볼 수 있다는 점을 꼽고 싶다. 인물들은 서로 얽히고설켜서 입장과 관점이 제각각이다.

베르디의 오페라 〈돈 카를로〉에선 내가 사랑하는 여인을 하필 아버지가 아내로 데리고 와서 둘이 새 어머니와 새 아들로 만나는가 하면, 오페라 〈시칠리아섬의 저녁기도〉에선 시칠리아 총독이 잃어버린 아들을 겨우 만났는데 아들이 반정부 세력 지도자가 되어 있는 청천벽력 같은 상황이 펼쳐진다.

*

글로벌 기업에선 다양성과 포용성뿐만 아니라 '공감'의 가치를 강조하는데 이 경우 각자의 입장이 복잡하게 얽힌 오페라가 떠오른다. 솔직히 오페라나 영화에 나오는 이야기 또는 남의 이야기에 공감하기란 오히려 쉽다. 하지만 무대가 전쟁터 같은 일상이라면, 다양성을 포용하고 공감해야 하는 수준의 차원이 달라진다. 글로벌 기업에서는 글로벌 팀과 지역 팀, 로컬 팀 간의 서로 다른 입장과 환경을 조율하기 위해 수많은 논의를 한다.

여기에 글로벌, 지역, 마켓마다 포진해 있는 다양한 부서들까지 포함하면 함수는 몇 배로 더 복잡해진다. 중요한 과제를 놓고 누가 주도하느냐, 주도했느냐, 주도해야 하느냐, 또 상대적으로 우선순위가 낮은 일을 누가 이끄느냐 등을 두고 수많은 논의가 벌어진다. 전략대로 풀려 목표를 달성하면 좋지만 현실은 꼭 그렇지가 않으니 예상과 달리 펼쳐진 문제를 두고 대책 회의를 하다 보면 본의 아니게 신경이 곤두서기도 한다. 복잡하고 예민한 상황을 풀기 위해 온갖 근육을 쓰다 보면 씨름 한판 벌이는 느낌마저 든다.

예산 배정 문제로 한 사업부 대표와 날이 선 논의를 벌일 때다. 사업부와 지원 부서의 협업과 각자의 역할, 조직 내 역학 구도 등으로 이미 갈등이 생긴 상태였다. 예산 배정을 놓고 '우리 팀 월급을 자기네가 주기라도 하나' 싶은 마음이 들었다. 미팅에 들어간 지 한 시간여, 의외로 논의가 순조롭게 진행되었다.

대체 무엇 때문이었을까. 미팅을 복기해보니, 확실히 그날 나는 평소의 나와 좀 달랐다. 미팅 초반에 일방적으로 쏟아내는 상대방의 말을 불편한 마음으로 듣기 시작했다. 하지만 날을 잔뜩 세운 말에 똑같이 응대하지 않으려고 부단히 애를 썼다. 기도하는 심정으로 내 마음의 문을 열어보려고 했다. 내 안에서 감정과 이성이 싸우고 있었다. 그러다 어느 대목에서 갑자기 '아, 이 사람은 이런 마음이었구나' 싶은 생각이 들었다. 이후엔 이상하리만치 상대의 입장에서 보게 되었다. 우리 부서가 자기 부서보다 다른 부서에 더 많이 신경 쓰고 기여하는 것 같아 서운했나 보다. 상대편 입장에 공감하게 되니 내 의견도 상대의 눈높이에 맞춰 전달할 수 있었다. 상대방의 목소리 톤도 어느새 낮아져 있었다. 한 시간쯤 지나 미팅을 마무리하는 참인데 "어려운 얘기를 잘 들어줘서 정말 고맙다"는 말을 듣는, 예상치 않은 반전이 일어났다. 물론 이날 미팅의 핵심인 예산 배정은 순조롭게 마무리됐다.

어릴 때부터 공감을 잘했던 나는 신입 기자 시절에 "넌 취재를 해 오라니까 공감을 하고 오면 어떡하냐"고 지적을 받은 적도 있다. 그렇게 타박받았던 공감이 오늘날 내가 하는 일에 아주 필요한 능력이 될 줄이야.

*

사전에 따르면 공감은 '남의 감정, 의견, 주장 따위에 대하여 자기도 그렇다고 느낌. 또는 그렇게 느끼는 기분'이다. 그런 공감이 업무 능력이나 성과, 나아가 기업의 경쟁력과 직결된다고 말하면 고개를 갸우뚱할 수도 있겠다. 일터에서 우리는 다른 이들과 협력하고 협상하며 나와 조직이 원하는 것을 얻어내고 목표를 이루어야 한다. 세상에는 나와 비슷한 사람만 있는 게 아니어서 가치관이나 입장이 판이한 사람들과 만나고 부딪힐 수밖에 없다. 원래 마음 잘 통하고, 늘 같은 편에 선 사람들 사이의 공감은 티가 나지 않는다. 안타깝게도 공감은 내가 함께하기에 편치 않고 어려운 상대와 일할 때 더욱 빛을 발하는지도 모른다.

이러하니 조직을 이끄는 리더에게 공감 능력은 더욱 중요해지고 있다. 리더가 나의 어려움과 고민을 이해하지 못하고 나는 나대로 공감받지 못한다고 느끼면 쉽게 의욕을 잃을 수 있다. 마이크로소프트 사의 사티아 나델라 CEO는 『히트 리프레시』에서 "공감 능력은 리더십의 처음이자 마지막이고 모든 직원들에게서 최선을 이끌어내는 힘이다. 그것은 자신이 이끄는 구성원들의 자신감을 키우기 때문"이라고 강조했다. 실제로 회사에서 리더십을 평가할 때, 공감 능력을 잣대로 삼기도 한다.

글로벌 기업에선 공감 능력은 타고날 뿐만 아니라 훈련에 의해 길러질 수도 있다고 보는 것 같다. 이전 직장에서 팀 간의 협업을 매끄럽게 하기 위해 '머리, 마음, 맷집'이라는 주제로 부서 워크숍을 진행했더랬다. 우리 부서의 네 팀이 서로의 입장을 이해하고 공감하기 위해 다른 팀의 일상을 연기해보는 즉흥 상황극을 연출하기로 했다. 비즈니스 일상에서 맞닥뜨리는 위기 상황이 연극으로 표현되니, 한편 한편이 눈물 없이 볼 수 없는 드라마가 되었다. 일터에서 맞닥뜨리는 당혹스러운 상황 앞에서 가슴 쓸어내리며 안도했던 때를 돌아보며 울고 웃었다.

각자 자신에 대해 진행한 설문 결과를 통해 마음을 돌아보는 시간이 되니, 여기저기서 훌쩍거리는 소리가 났다. 워크숍 말미에 한 친구가 말했다. "우리 각자 맡고 있는 일들이 얼마나 다른지, 다들 얼마나 고생하고 있는지 새삼 깨달았어요. 동그라미, 세모를 그리는데도 너무들 달라서 '각자 살아온 삶은 얼마나 달랐을까', 생각해 보게 됐어요." 워크숍을 시작하면서 나는 팀원들에게 리더십은 곧 관계이고 우선 자기 자신이 어떤 사람인지 알아차리고 이해하는 게 중요한 것 같다고 말했다. 한데 팀원들 덕분에 뜻하지 않게 나도 내 마음을 돌아보게 되었다. 워크숍을 마치고 팀원들과 함께 산책하는 길에 빗방울을 머금은 동백꽃과 매화꽃을 잔뜩 만났다.

공감은 남을 배려한다는 의미에 그치지 않는다. 내가 일터에서 생존하는 데 꼭 필요한 요건이자 더불어 살아가는 세상을 풍요롭게 만드는 덕목이다. 버락 오바마 전 미국 대통령이 어느 대학교 졸업식 축사에서 한 말이 떠오른다. "다른 사람 입장이 되어 그들의 눈을 통해 보는 법을 배우는 것이 바로 평화를 이루는 방법입니다. 그리고 이를 실현하는 것은 당신에게 달려 있습니다. 공감은 세상을 바꿀 수 있는 성품입니다."

4장

사람과 감정은 어떻게 관리하는가

우리는 서로에게 조연 배우들

─상사, 부하 직원 그리고 동료 관계

동서고금을 막론하고 일터의 행복과 불행 지수에 큰 영향을 미치는 요소 중 하나는 상사다. '제 아무리 훌륭한 상사도 휴가 가 있는 상사만 못하다'는 우스갯소리를 나누면 미국이나 유럽 동료도 웃음을 터뜨리며 공감한다. 상사에게 이 얘기를 그대로 전했더니 맞장구를 치며 웃었다. 그런데 상사들은 왜 이렇게 스타일이 달라 우리로 하여금 새 인생을 경험하게 하는 걸까. 하기야 상사는 계절과 같다지 않은가. 봄이든 가을이든 오는 대로 받아들이듯이 상사도 그래야 할 터다.

글로벌 기업에선 '상사 매니지먼트'라는 단어가 일상어처럼 쓰인다. '상사에게 어떻게 하면 잘 보일까'를 의미하는 용어가 아니다. 상사의 마음을 잘 읽어내 관계를 부드럽게 만들고, 자신이 하는 일을 적극 지원하게 한다는 의미이다. 상사와 부하 직원이 서로 다른 대륙에 살면서 한 해에 고작 두세 번 만나는 경우도 있고 국적과 언어, 문화가 다른 환경에서 살아온 이들이 허다하다. 전 세계 150개가 넘는 마켓을 관리하는 글로벌 조직에서도 상사와 부하 직원의 관계와 협력이 얼마나 촘촘히 맺어지고 실행되느냐에 따라 많은 것들이 좌우된다.

철저한 능력 위주 조직이다 보니 상사가 부하 직원보다 반드시 나이나 업무 경험이 많아야 할 필요도 없다. 디지털 유목민으로 살아가는 이들을 이어주는 연결고리는 이메일이고, 휴대폰이며, 화상회의이다.

복잡하게 얽힌 거대한 조직 구조에서 상사라는 개념의 폭도 넓다. 직접 보고 라인에 있는 상사뿐 아니라, 업무를 보고하고 승인을 받아야 하는 간접 보고 라인에 있는 상사도 있다. 이런 복잡한 보고 라인을 쉽게 설명하려고 촌수에 빗대기도 한다. "이번 뉴욕 출장에선 우리 할머니랑 삼촌들 앞에서 발표를 세 개나 해야 한다"고 말하는 식이다. 상사의 상사는 내게 일종의 조부모가 된다. 또 조부모의 부하 직원인데 직속 상사가 아니라면 삼촌이나 고모쯤 된다. 차라리 보스의 보스, 이렇게 연결되어 왕회장님 산하 일직선 구조에서 일하는 게 편하겠다, 하는 목소리들도 나온다.

흔히들 서구 문화 중심의 글로벌 기업에선 상사와 부하직원의 관계가 격식 없이 편하고 자유로울 거라고 생각한다. 직책이 아니라 친구처럼 이름만 부르니까? 현실은 결코 그렇지 않다. 성과 중심의 글로벌 기업에선 상사에게 주어지는 책임과 권한이 막대하고, 업무 외 영역이라면 모를까 업무 영역에 해당하는 한 위계질서가 강하고 엄격하다.

뉴욕에서 근무하는 한 글로벌 기업 직원은 "청바지 입고 호칭 대신 이름을 부른다고 해서 위계질서가 헐거울 거라고 생각하면 착각"이라며 "보스가 생사여탈권을 가지고 있고, 상하 관계도 아시아 문화권 이상으로 엄격하다"고 말했다. 막연히 아시아 문화권에선 상하 위계질서가 더 강하고, 서구 문화권에선 수평적 관계가 형성돼 있지 않을까 했는데 아니었다. 오히려 서구인들이 남 앞에서도 거리낌 없이 자신의 보스를 위해 의전을 챙기고 당당히 특별 보좌를 하는 것 같았다. 보스에게 잘 보이려고 애쓴다기보다 군대 조직처럼 마땅히 확립된 권위를 인정하는 게 당연하다고 보는 식이었다.

아무리 자주 이메일 보내고 화상회의를 한다고 한들 같은 공간에서 일하지 않으니 서먹함이 있게 마련이다. 연중행사처럼 1년에 한두 번 만나는 이들에게 이런 짧은 만남은 얼마나 특별하겠는가. 어떻게 하면 자신의 실력을 잘 보여서 신뢰를 쌓고 좋은 인상을 줄 수 있을까, 고심하며 다들 엄청난 공을 들인다. 그렇게 짧은 만남에서 받은 인정과 신뢰가 이후 일터에서의 삶에 지대한 영향을 미친다는 걸 알기 때문이다. 글로벌, 지역본부 미팅 같은 출장 자리에서 발표하고 논의하고 심지어 밥상머리에 앉아 대화를 나누는 순간에도 상사에게 좋은 인상을 주고 싶은 마음들이 출렁거린다.

이쯤 되니 보스가 아니라 보스의 보스, 그러니까 빅 보스를 위한 의전은 눈물 겨울 수밖에 없다. 회사 전용기를 타고 온 본사 CEO의 동선을 체크하기 위해 사내 엘리베이터 이동 시간을 초시계로 재며 준비했다느니, 탄산음료를 좋아하는 본사 고위 임원을 위해 차량에 해당 음료를 가득 채운 아이스박스를 싣고 움직였다느니 하는 이야기도 들린다. 중요한 테이프 커팅 행사에서 관계의 역학 구조를 고려해 위치를 정하는 것은 기본이다. 외부 인사와의 만남에서 빅 보스가 표 나지 않게 돋보이도록 전달할 메시지를 꼼꼼히 준비해 브리핑하는가 하면, 미팅에서 극적 효과를 내기 위해 연출을 가미하기도 한다. 짧은 방문이지만 모든 과정이 물 흐르듯 순조롭게 진행될 수 있도록 밤낮으로 예행연습을 한다. 각자의 보스와 그의 보스들과 관련된 일이고, 결국 빅 보스의 마음을 사야 마켓에 대한 투자와 지원을 충분히 받을 테니 그럴 만하지 않을까.

*

일터에서 경험하는 어려움을 나누다 보면 업무 강도나 성격 때문에 힘들어하는 경우는 별로 없음을 알 수 있다. 대부분이 '사람 때문에' 힘들다고 하소연한다. 나도 그랬고 지금도 그렇다. 사람들 사이에서 부대끼며 마음고생을 하고 어려움을 감내하는데 이런 스트레스 비용이 우리가 받는 월급명세서에 포함돼 있다는 것은 오래전부터 알았다. 그중 상사와 부하 직원의 관계는 기본 설정부터 조심스럽다. 참 좋은 관계로 잘 지냈다고 여겼던 보스인데도, 그의 자리나 내 자리가 바뀌어 상하 관계를 벗어나면 훨씬 마음이 편안해지고 자연스러워진다. 의식하지 못했는데, 우리 사이에 긴장감이 있었구나…….

　우리는 누군가의 부하 직원이었지만 나이 들고 경험이 쌓이면서 누군가의 상사가 된다. 양쪽 입장은 참 다르다. 일 열심히 하는 부하 직원을 격려하려고 자리에 가서 "힘들지? 쉬면서 일해"라고 했는데 부하 직원은 "제가 쉬고 있는데 오셨잖아요"라고 답변했다는 우스갯소리가 있다.

　부하 직원만 상사 때문에 긴장하고 스트레스를 받는 게 아니다. 상사 역시 부하 직원 때문에 속을 끓이고 눈치를 본다. 후배들과 얘기를 나누다 보면 "선배 같은 글로벌 임원은 아랫사람 때문에 골치 썩는 일은 없는 줄 알았다"고 한다. 그러면 나는 "지금 네 상사가 당신 때문에 고민이 많을 수 있다"며 "당신에게도 그렇게 고민할 날이 곧 찾아올 것"이라고 말해준다. 신입 때는 꿈에 일터가 나오면 상사가 주요 등장인물이었지만, 직급이 오를수록 꿈에 팀원이 등장하는 일이 더 많아진다. 순간, 나 때문에 내 보스들도 마음을 쓰셨겠구나 싶어진다.

　자신의 팀원보다 보스를 만나는 게 차라리 더 편하다는 이들이 많다. 한 친구는 "에너지 쏟는 게 싫어서 연애도 안 하고 있는데 팀원 관리하느라 에너지 쏟는 게 너무 힘들다"고 한다. 그랬더니 옆에 있는 친구는 "나이 들수록 내 에너지를 덜 쓰게 하는 사람이 좋더라"며 "예전엔 내 팀이 점점 커져야 승진하는 것 같았는데, 요즘은 팀원 숫자가 줄어드는 게 솔직히 더 좋다"고 거들었다. 임원이 된 지 얼마 안 돼 예상치 못한 사건사고가 연이어 터져 허구한 날 야근을 할 때였다. 그때 "혹시 밥 먹고 일할 사람?" 하면 꼭 따라 나서는 친구가 있었다. 그런데 우연히 그 직원과 남편의 전화 통화 내용을 듣게 되었다. "혹시, 오늘 일찍 들어와서 아이들 봐줄 수 있어? 우리 이사님이랑 간단히 저녁 먹고 일 정리하고 가려고……." 순간 얼굴이 뜨거워졌다. 그 사람이 늘 시간이 남아서, 좋아서 따라 나선 게 아니었다. 너무 고마웠고 한편으로 많이 미안했다. 신입 시절의 내 모습이 떠올랐다. 회사 사람들과 매일 점심, 저녁을 같이 먹기가 싫어서 선약이 있는 양하고 몰래 나가 햄버거를 폭풍 흡입하고는 다시 사무실로 돌아오던 날들. 여러 가지 생각이 교차하는 밤이었다.

일터에서 성과를 낸 비결을 나눌 때면 자신을 믿어준 동료가 있었고 그와 함께 일했던 게 큰 힘이 되었다는 얘기를 늘 듣게 된다. 상투적인 표현이 아니라 정말 '함께한 덕분에' 지치지 않고 이룰 수 있는 일들이 태반이다. 서로를 신뢰하고 응원해주는 힘은 과연 어떤 일까지 가능하게 할까. 또 한편, 어려운 과제를 앞두고 본의 아니게 서로 주고받는 스트레스나 감정 상하는 일은 왜 없겠나.

그런데 수많은 사람들 중에서 팀원으로 만난 인연에는 어떤 의미가 숨어 있을까. 각자의 인생수업을 하기 위해 맺어진 서로의 조연

154.

배우들. 함께 일하는 게 늘 수월하고 즐겁지만은 않겠지만 서로 격려하고 배우며 영향을 미치면서 자기 능력을 고무줄 늘리듯이 쭉쭉 늘려 서서히 프로페셔널로 자리를 잡아간다면 이보다 멋진 일이 또 있을까 싶다.

조직의 성공은 조직원 개인 역량의 총합을 넘어서, 이들이 얼마나 친밀하고 탄탄한 관계를 맺어 협력하는지에 달렸다. 건강하며 긍정적인 상사와 부하 직원의 관계는 개인의 행복뿐 아니라 조직의 성공에 중요한 밑거름이 된다.

글로벌 기업에선 지금 이 시간에도, 지구촌 곳곳에서, 온라인과 오프라인에서 수많은 상사와 부하 직원이 수시로 만난다. 서로에게 더 좋은, 더 큰 영향을 미치기 위해 치열하게 몸부림하는 것이다. 주변을 둘러보면 완벽하게 준비된 모범 답안 같은 상사나 팀원은 어디에도 없다. 그저 우리는 서로를 통해 과거와 미래의 내 모습을 생각하며 역지사지의 마음으로 나아갈 뿐이다.

*

동료에서 친구로 맺어진 인연들이 있다. "와, 살아 있으니 이렇게 상봉하는구나!" "그러게 말이야." "한데 왜 갑자기 이름을 그레이스로 바꾼 거야?" "새 회사 들어가면서 새 인생 시작해보려고!" "푸하

하." "우리 예전에 난리 쳤던 게 갑자기 생각나네." "서울 새벽 3시에 전화했다는……." "네가 자꾸 이메일에 답하니까 물어본 거지. 내 잘못 아니다~"

제프와 나는 10년 전 화이자에서 만나 본사와 로컬 팀 담당자로 긴밀히 일했다. 수많은 화상회의를 했고 수많은 나라에서 만나 함께 나눈 시간들이 두껍게 쌓였다. 뉴욕 본사 근무를 시작할 때 허름한 한식당에 가서 돼지불고기를 실컷 먹으며 '본사 근무 생존법'에 대한 이야기를 들었고, 베이징 출장길에 만리장성 입구를 걸으며 경력 관리 고민, 아이 셋을 둔 아빠의 고민을 나누기도 했다. 미국항공우주국에서 오래 일하신 아버지를 지난해 하늘나라로 떠나보냈다고 한다. 이제는 각자 다른 회사에서 일하게 되었는데 코로나 팬데믹 기간에 온라인으로만 근황을 나누다가 싱가포르에서 만나 폭풍 수다를 떨며 서로의 일상을 새롭게 나누었다.

누군가 "글로벌 기업에 다니면서 가장 특별한 것은 무엇인가"라고 묻는다면, 글로벌 현장에서 만난 동료들과 삶을 나눌 때라고 대답하겠다. 허구한 날 온라인과 오프라인 미팅으로 만나 정부 정책, 시장 경쟁 구도에서 생존하는 방법, 비즈니스 기회와 위험 요인을 논의할 때도 그렇지만, 각자의 삶을 나눌 때 관계는 더욱 특별해진다. 한 회사에서 일한다는 공통분모를 가진 사람들끼리 국가와 도시라는 국경을 뛰어넘어 각자의 인생을 나눌 때, 글로벌 세상의 여행자처럼 온몸으로 상대를 만나게 된다.

"바람이 불면 어떤 이파리들은 한쪽으로 모이잖아. 친구가 되는 일도 그런 것 같아. 곧바로 이 사람이 친구가 될지 서로 알아보게 되는 법이지." 낯선 본사 생활 초창기에 만난 아르헨티나인인 베로니카는 처음부터 좋은 인연이 되겠구나 싶었다. "본사에서 벌어지는 정치가 장난 아니지만 아주 잘할 수 있을 테니 너부터 너를 믿어라"고 격려해줬던 그가 퇴사할 때 많이 섭섭했다. 맨해튼 맞은편에 있는 호보컨에서 다시 만나 밥을 먹다가 갑자기 회사를 그만두게 된 이유를 물었다. 열일곱 살에 아르바이트를 시작해 단 한 번도 쉼표 없이 살았던 삶에 안식년이 필요했다고 했다. 쉰 살 생일을 지내고 이런저런 생각을 하다가 무언가 목까지 차오르는 것 같아 결단을 내렸단다. 평생 경주마처럼 달려온 터라 일을 그만두고 온전한 '인간'으로 돌아오는 데 7~8주 걸린 것 같다고 했다.

얼마 전 태국 방콕 출장에선 한국의 그레이스가 동갑내기인 태국의 그레이스를 만났다. 이전 회사에서 알게 된 사이로, 둘 다 직장이 바뀌었지만 서울이나 방콕에서 만남을 이어왔다. 최근에 스킨스쿠버 다이빙에 어떻게 매료되었는지, 나이가 들면서 안 입는 옷이며 안 쓰는 물건들을 어떻게 줄이고 버릴지를 두고 몇 시간이나 수다를 떨었다. 가진 것을 줄이며 단순하게 살기를 얼마나 잘 실천하고 있는지 서로 점검해주면서.

미국 메릴랜드주에서 한국인 친구들과 자란 덕분에 한국 음식 마니아가 된 미국인 매슈는 유럽 회사로 이직해 스위스에서 살고 있다. 김치찌개 만드는 동영상을 보내는가 하면 며칠 전엔 "네가 사준 맛있는 생선 이름이 뭐야?"라고 문자를 보냈다. '보리굴비'라고 영어로 써주고 사진도 보내주었다. 뉴욕에서 그를 따라 간 묵은지김치찌개 집에서 매슈가 "뉴욕 본사의 정치 때문에 일하기 버겁다"고 하기에 "미국인인 네가 힘들어하면 나 같은 사람은 어쩌겠느냐"며 깔깔거리고 웃었더랬다.

국적도, 인종도, 출신 배경도 다른 동료들과 삶을 나눌 때마다 달라서 참 새롭다는 느낌이 든다. 그러한 다름 속에서도 인생사 다 비슷하구나, 싶어 또 감동이다. 누군가의 딸이고, 누군가의 아빠이면서 조직에서는 월급쟁이로 살아간다. 회사에서 본인 자리가 없어져 원치 않는 역할을 맡게 된 동료가 자신의 딸이 프랑스 명문대에 입학했다면서 한껏 기뻐하던 모습이 떠오른다. 미국과 중국 사이에 정치적인 긴장감이 감도는 가운데 겪게 되는 민감한 일을 이야기하던 홍콩 친구도.

회사에서 오래 알고 지냈다고 해서 모두가 친구가 되진 않는다. 원래 회사 동료가 가족도 아니거니와 모든 사람이 친구가 될 수도 없다. 각자 맡은 역할 때문에 알게 되어 친분을 쌓지만, 역할이 바뀌면 언제 알았냐는 듯이 남이 되는 사이도 많다. 달라진 역할 구도 때문에 오히려 처음보다 소원해지는 경우들도 있다. 어쩌면 거대한 조직에서는 오히려 더 자연스러운 일인지도 모른다.

친구 사이로 맺어진 인연들을 떠올려보니 비슷한 패턴이 있다. 처음엔 각자 맡은 업무 영역에서 일하며 협력하다가 조금씩 알게 되면 회사 사람이 아닌 개인의 모습을 나누게 된다. 이쯤 되면 같이 해야 하는 일도 기름칠이 된 것처럼 더 수월해진다. 일이 잘되고 성과를 낼 때야 문제없지만 어디 현실이 그런가.

친구는, 장애물이 등장하고 어려움이 생겨도 해결할 방법들을 솔직하게 나누고 보이지 않는 데서 내 편이 되어 지지를 해준다. 회사 친구들과 가족이나 경력, 건강에 대한 속내를 많이 나눌수록, "일이 뭐 별 거냐. 네 몸부터 챙겨라"라고 말하게 된다. 경력을 바꿔볼까 고민할 때도 생각을 나누고, 인터뷰를 준비하면서 지혜를 모으기도 한다. 일터 덕분에 맺어진 인연인데 일터를 넘어선 우정이 글로벌 세상에서 피어오른다. 바다 저 멀리에 살고 자주 보지도 못하지만, 언제든 떠올려보면 따듯하고 훈훈해지는 글로벌 친구들은 늘 내 가슴 한켠에 있는 특별한 존재들이다. 회사 덕분에 맺어진 우정, 회사에서는 나올지라도 우리의 우정은 영원하리라!

사람에게 사람으로 다가서는 리더십

싱가포르 미팅에서 아시아태평양 지역 직원들이 미국에서 온 빅 보스와 처음으로 얼굴을 마주했다. 코로나 팬데믹 시기에 입사해서 실제 얼굴은 처음 보는 이들도 많았다. "맨날 이른 아침과 늦은 밤에 줌 박스에서만 보다가 직접 상봉하게 되다니, 이거 실화냐?" "난 당신이 이렇게 키가 큰 사람인 줄 몰랐다."

빅 보스가 앞으로 나와 비즈니스를 둘러싼 환경, 내부 조직 변화 등을 말하다가 리더십 이야기를 했고 '진정성'이라는 단어를 꺼내 들었다. "우리는 브로드웨이 쇼의 뮤지컬 배우들과 다릅니다. 그들은 무대에서 각자 맡은 역할대로 매일 연기를 하겠죠. 한데 우리는 그렇지 않아요. 살다 보면 좋은 날도 있고 나쁜 날도 있습니다. 우리는 솔직해야 하고, 그런 마음으로 대화를 나눠야 합니다." 피도 눈물도 없을 것 같은 치열한 비즈니스 전쟁터에서 늘 강조하는 덕목 중 하나가 '진심과 진정성'이라는 게 아이러니하다.

글로벌 기업에서 다양한 국가, 민족 사람들을 만나는데 가장 좋은 순간은 인간다움과 사람 냄새를 나눌 때이다. 며칠간 이어진 빡빡한 미팅을 마치고 다들 돌아가며 소감을 나눌 때였다. 이 미팅이 얼마나 보람되고 도움이 되었는지를 말하고 서로에게 감사하는 훈훈한 자리였다. 그런데 호텔 로비에서 만난 동료가 물었다. "함께여서 좋았는데 이젠 정말 나만의 시간이 필요해. 나흘간 꼬박 이어지는 단체 미팅과 단체 회식은 너무 강도가 높았어." 그랬더니 또 다른 동료가 내 귀에 대고 조용히 "넌 혹시 안 피곤하냐"며 조심스레 물었다. "무슨 소리야, 너무 너무 피곤해. 뇌가 얼어붙은 것 같다"고 했다. "아, 다행이다. 나만 그런 게 아니었구나. 난 이번에 뉴욕 출장 갔다가 19시간 걸려 싱가포르에 왔잖아. 이러다 내일 죽을지도 몰라." 둘 다 폭소를 터뜨렸는데 출장 중에 가장 즐거웠고 스트레스가 녹아내리는 순간이었다.

글로벌 조직에서 일하면서 '참, 저분은 훌륭하고 멋지구나' 하고 감탄하게 하는 사람들이 있다. 지난해 방콕에서 열린 미팅, 저녁 자리에서 큰 규모의 비즈니스를 이끄는 리더 분과 마주할 기회가 있었다. 수십 년 전에 런던의 유명 호텔에서 요리사로 일한 오스트리아 출신 남성과 남아프리카공화국 출신의 간호사가 만나 사랑에 빠져 아이를 낳았는데, 그게 바로 본인이라고 했다. 요리사 아버지 덕분인지 어려서부터 세계 각국의 음식 먹기를 좋아했다고 한다. 그래서 저렇게 '다양성 가치'를 온몸으로 실천하고 계신 걸까, 생각했다.

다음 날 미팅 참석자들이 모두 모인 타운홀 무대에 올라온 그에게 사회자가 "어떻게 30년이나 한 회사를 다닐 수 있었냐"고 물었다. "입사할 땐 뭐가 뭔지도 잘 몰랐고 그냥 회사 월급이 많다고 해서 왔다"라고 말하자 폭소가 터져 나왔다. 비즈니스를 탁월하게 성장시키고 이끌어온 사람이 어쩌면 저렇게 소탈하고 인간적인 면모까지 풍기는지. 소규모 미팅 자리에서도 그는 직원이 한 업무를 칭찬하고 감사의 말을 아끼지 않는다. 그의 진심과 품격은 우리를 독려하고, 더 기여하고 싶게 만든다.

*

'진정성'은 사람과 사람의 건강한 관계를 유지하거나 조직을 이끄는 데 필요한 덕목이다. 경영학에서도 '진정성 리더십' 이야기를 많이 한다. 진정성이란 과연 무엇일까. 상대방을 이해하고 배려하는 마음, 존중하고 경청하는 자세, 솔직하고 진심이 담긴 태도…… 하지만 정말 중요한 덕목은 온전히 나 자신이 되는 게 아닐까. 진정성을 뜻하는 영어 단어 'authenticity'도 '너 자신 그대로'라는 뜻의 그리스어에서 유래했다고 한다. 나 자신에게 솔직해지고 진심으로 남을 대할 때, 상대방 마음의 빗장이 열리고 주변에 긍정적인 영향을 미칠 터이다.

심리학 석학들이 쓴 『진정성 리더십: 머리와 가슴으로 사람을 이끄는 기술』이란 책에서 "진정성 있는 리더란 목적을 향한 열정을 보여주며, 자신의 가치관을 지속해서 실행하고, 머리뿐 아니라 가슴으로 사람들을 이끄는 사람"이라고 했다. 그런데 일터에서 만난 사람들에게 내 모습을 있는 그대로 다 보여줘도 될까.

글로벌 기업들은 진정성 있는 리더십을 말로만 강조하지 않고 실제로 진정성을 배우고 키울 수 있도록 워크숍이나 프로그램을 운영한다. 그렇게 하여 결국 개인의 변화, 상호 신뢰, 나아가 조직의 긍정적인 변화를 끌어낸다고 믿기 때문이다. 연극배우 출신인 미국인 전문 코치가 서울에서 진행한 워크숍 중에 '인생의 강(River of Life)' 시간이 있었다. 커다란 도화지에 자신의 인생을 강으로 표현하고 다른 사람들과 인생 이야기를 나누게 하는 것이다. 아주 순탄했던 시절부터 격랑이 몰아친 순간에 이르기까지 그림으로 표현해 발표했다. 그러다 보니 내 인생이 정리되는 듯했고, 동료들 사연을 듣다 보니 상대를 좀 더 입체적으로 이해하게 되었다.

글로벌 IT 기업에 있을 때 이 '인생의 강' 워크숍에 참여해봤다는 선배는 "매니저인 나부터가 이혼했을 때, 사는 나라와 일하는 터전을 바꿨을 때, 무엇이 어려웠는지를 솔직히 이야기했다"며 "베트남, 라오스에서 온 동료들이 피난 다니며 살았던 시절을 이야기하는데, 참석한 사람들이 다들 눈물을 흘리고 한동안 말을 못 이을 정도였다"라고 했다. 묻어둔 개인사를 공유하는 데 그치지 않고 각자 마음에 있는 진정성을 드러내고 서로의 진정성이 만나 꽃피는 순간이었으리라.

여기에서 한발 더 나아가, 동료나 선후배에게 잘못해서 나중에 후회가 된 사연을 나누게 하는 경우도 있다. 전문 직업인의 세계에서 어쩌면 개인사를 나누기보다 더 어려울 수도 있는 주제다. "누구나 '이런 일이 또 생긴다면 좀 더 현명하게 잘하고 싶다' '이 사람에게 사과하고 싶다', 이런 마음이 있을 수 있잖아. 내 속에서 잘 정리되지 않았던 것들을 끄집어내 보니 마음이 바뀌더라." 소모임별로 이런 대화를 열심히 나눠본 지인의 후기이다. "'그래, 실수해도 괜찮아' 하는 마음이 들었다"면서 "개인이나 조직 모두 정신적으로 단련되고 성숙해지는 것 같았다"라고 말했다.

프로 근성이나 친절함, 배려심뿐 아니라 각자 뿜어내는 인간적인 향기와 진정성은 결국 겉으로 드러나 상대방에게 전해진다. 마음먹기에 따라 나와 상대를 이어주는 가장 쉬운 길일 뿐 아니라 묵직한 한방이 될 수도 있는 필살기이다. 겉모습도 다르고, 일하는 방식도 문화도 다른 사람끼리 온전히 나눌 수 있는 진정성이야말로 글로벌 조직의 '만국 공통어'인 셈이다.

나다운 나를 찾아가는 리더십

"리더십을 한마디로 정의해달라구요? 우리는 이 세상 살아가면서 온갖 다양한 자극을 경험합니다. 이 자극에 어떻게 반응하느냐, 이것이 우리들 각자의 리더십이라 할 수 있습니다." 오래전 화이자의 '인재(Talent)' 담당 최고 임원이 한국을 찾아 백여 명 넘게 참여한 타운홀 미팅에서 한 말이다.

우린 일터에서 얼마나 자주 '리더십'이란 단어를 접할까. 어렸을 때 리더십이라고 하면 막연히 조직의 높은 사람들이 '나를 따르라~' 일성을 올리며 이끌어가는 행동 방식인 줄 알았다. 한데 리더십은 조직의 수장뿐 아니라 엊그제 입사한 새내기 직원에게도 요구되는 덕목이며, 우리는 모두 각자의 리더십으로 일터에서 만나고 부대끼며 영향을 주고받는다는 사실을 깨달았다.

'리더십'과 함께 내가 질문을 많이 받거나 나누게 되는 단어가 '여성 리더십'이다. 리더에게 필요한 핵심 역량들 중에 여성 리더가 특히 강점을 가진 영역이 있긴 하지만 그렇다고 '여성 리더십' 항목을 따로 분류해 명명하고 정의할 수 있을까. 세상이 온통 다양성과 포용성을 얘기하고 '무의식적 편견'을 떨쳐야 한다고 외치는데 여성은 이러할 것이고, 남성은 저러할 것이란 관점 자체가 빛바랜 시절의 관념이겠다. 다만 여성으로서 일과 삶을 함께 껴안고 가야 하는 이들이 많아 고민이 넘쳐난다. 결혼과 육아라는 어려운 함수를 현실적으로 어떻게 풀어가야 할지, 또 예전보다 나아졌지만 여전히 존재하는 '유리 천장' 같은 사회 환경에서 어떤 자세와 마음으로 살아가야 할지. 이를 먼저 경험한 선배의 지혜와 새 날을 맞는 후배들의 마음을 서로 나누는 시간들은 정말 눈물 나게 값지다. 경험담을 나누는 일만으로도 위로와 격려, 도전과 자극을 받게 된다.

*

지난 2년간 한국 대표로 WLI(Women Leadership Inclusion) 활동을 이끌었다. WLI는 여성 리더들을 발굴하고 서로의 성장을 돕기 위해 만든 사내 모임이다. 지난해 여름엔 '소곤소곤 우리들의 이야기'란 제목으로 '여성으로서 일한다는 것'과 '경력 개발'을 두고 허심탄회하게 마음을 나누는 자리를 마련했다.

패널로 참석한 동료들이 걸어온 삶을 접해보니 모든 인생이 다 한편의 대하드라마 같다. "중국으로 발령 났을 때 아이를 지방 시부모님 댁에 맡기고 2~3주마다 아이 보러 다니며 몇 년을 보낸 적이 있었다" "팀원으로 일할 때와 달리 매니저가 되니 몇 배 어려운 시험지를 손에 쥔 것 같았다" "약해 보인다는 말을 듣고 싶지 않아서 일부러 강한 척했는데 지금은 그게 후회된다……".

나도 패널로 참석했는데 "당신의 강점은 무엇이고 어떤 리더십을 가졌느냐"는 질문을 받았다. "저는 간도 작고 그리 강하지도 못

해요. 한데 '부드럽고 다정한 것 같은데 강단이 있고 맷집이 세다'라는 말을 많이 들었어요. 어려운 상황을 회피하지 않고 직면하는 것 같긴 해요. 솔직히 원래 그런 사람은 아니었구요. 노력하고 다잡고 훈련함으로써 이렇게 할 수 있게 됐습니다."

나는 기자 시절, 안면마비가 왔을 정도로 연이어 좌절하면서 '여성으로서, 직업인으로서 나아가는 시간이 영원히 멈추는 게 아닐까' 싶어 한없이 낮아졌던 때를 났됐다. 이후에 칭찬과 승진 같은 외부의 인정에 취해 앞만 보고 달렸던 시간들, 삶의 중심을 온통 일에 두고 있다가 번 아웃을 겪던 시절, 남들은 앞으로 나아가는데 나만 터널 속에 갇혀 있는 것 같은 답답함과 싸우던 나날…… 지난 어려운 시간들이 지금 내 경력에서 어떤 성장 동력이 되었고 어떻게 내 삶에 녹아들었는지를 이야기했는데, 직원들의 반응이 뜨거웠다.

*

리더십이 '우리가 마주하는 자극에 어떻게 반응하는가'에 관련된 자질이라면, 나는 그간 일터에서 어떤 리더십을 발휘하고 살아왔을까. 지금 돌아봐도 얼굴이 화끈 달아오르는 지우고 싶은 장면이 떠오르고, 다시 그때로 돌아가도 '그렇게 할 수 있을까', 싶을 만큼 뿌듯한 장면도 떠오른다. 그런 리더십을 발휘할 때 함께한 수많은 동료, 선후배들의 얼굴이 오버랩된다.

화이자에서 기존의 정책 홍보 부서에 더해서 약가 보험 부서까지 맡게 되었을 때다. 약학이나 보건학 전공자도 아닌 내가 수많은 혁신 신약의 약가와 보험을 총괄하게 되었을 때, 솔직히 두려움이 앞섰다. 그런데 신기하게도 내게 익숙하거나 능숙한 영역이 아니다 보니 팀들에게 제대로 권한 위임을 할 수 있었다. 그렇게 해야 했다기보다는 다른 대안이 없어서였겠다. 당장 정부와 협상을 진행하는 과정에서 나는 나의 강점에 오롯이 집중하고 팀을 온전히 믿을 수밖에 없었다. 이렇게 합심해서 일하는 가운데 나와 팀원들은 각자의 강점을 합쳐 이루어내는 '시너지 효과'를 온몸으로 경험했다. 우여곡절을 겪었지만 함께하지 않았다면 이루지 못했을 결실을 보며 서로 신뢰가 생겼다. 그렇게 우리는 각자의 리더십을 성장시킨 것이다.

또 시간이 흘러 나는 익숙한 영역이 아닌 낯선 영역에 도전해 마케팅 부서를 처음 맡았다. 새로이 팀원들의 역할을 나누고 조정하는데, 미리 그림을 그려두긴 했지만 팀원들 한명 한명을 만나 의견을 들어보기로 했다. 문제는 팀원들의 입장을 깊이 알면 알수록, 너무 감정이입이 돼서 의사결정하기가 더 어려워졌다는 것이다. 세상은 온통 리더에게 '경청의 리더십'을 강조하건만 나는 과도하게 경청한 걸까. 내 머릿속 회로는 잔뜩 달궈져 터지기 직전이었고 스트레스 수치가 계속 올라갔다. 명쾌한 정리와 넘치는 카리스마로 빛나는 리더는 드라마에만 존재하는 걸까.

결국 조직을 변경하고 각자 역할을 분배했지만 리더로서 부족한 면이 자꾸 떠올라 영 마음이 개운치 않았다. 이후 팀 미팅 때는 "여러분 의견을 최대한 듣고 반영하려고 했습니다. 역할이 바뀌었지만 자기 자리에서 화이팅합시다"라며 쿨한 척했다.

이후 회사에서 나올 때, 당시 마케팅 팀원들이 "꽃길만 걸으시라"며 큼지막한 꽃바구니를 준비해 왔다. 팀원 두어 명이 내가 별로 떠올리고 싶지 않은 그때를 소환했다. 그제야 나는 솔직하게 말했다. "그때로 돌아간다면 나는 여러분 의견을 그렇게 많이 듣진 않을 것 같아요. 리더로서 팀의 의견은 청취하되 제가 좀 더 민첩하게 결정해서 통보해야 했다는 후회가 남네요."

그랬더니 돌아오는 답은 의외였다. "그때 성혜 님한테서 정말 많이 배웠습니다. 저희들 입장에서 말씀드렸는데 진심으로 귀 기울여 들어주시려고 애쓰시는 걸 느꼈습니다. 그래서 이런 리더가 내리는 결정은 무조건 따라야 한다, 싶었습니다. 저도 언젠가 이런 상황이 올 때, 그렇게 해보고 싶습니다." 내 속에서 한판 씨름을 벌이며 고민한 일이고 돌아보면 창피하기도 한 행동인데 누군가는 이렇게 받아들일 수 있구나. 그런 순간이 다시 오면 또 어떻게 할지는 모르겠지만.

드러커는 『프로페셔널의 조건』에서 "효과적인 리더십은 카리스마에 의존하는 것이 아니다"라며 "리더십에 적합한 자질이라든가 적합한 성격이란 없다"라고 말했다. 각자 고유한 리더십을 찾아가고 발휘할 뿐, 정답이 없다는 말이다.

세계적인 경영 컨설턴트인 마셜 골드스미스와 여성 리더들의 최고 멘토라 불리는 샐리 헬게슨은 『내_일을 쓰는 여자』에서 아직도 엄연히 존재하는 사회적 장벽 앞에서 여성이 어떻게 변화하고 성장해야 하는지를 말한다. 또한 여성들에게 직업적 성공만이 아니라 궁극적으로 '나다운 나'를 찾아가라고 말한다. 여성들에게 "지금 나의 성장에 장애가 되는 모든 행동이나 습관이 사실은 나의 타고난 장점에서 비롯됐기에 지금 내가 지닌 모든 걸 모두 부정할 필요는 없다"며 "자신을 너무 엄격하게 대하지 말고 타고난 장점을 살리라"고 조언한다.

세계적인 생활용품 회사에서 한 사업 부문의 글로벌 총책임자에 오른 친한 선배가 십여 년 전 한국인으로, 또 여성으로도 처음으로 한국 대표로 임명됐을 때 이야기를 해주었다. 승진 소식을 접한 어머니께서 너무나 기뻐하면서 던진 질문 하나. "이제 그동안 입던 옷들은 다 버릴 거니?" 한국에서 여성 CEO는 으레 어깨에 힘을 잔뜩

준, 짙은 회색이나 남색 파워 숄더 재킷을 입는다고 생각했기 때문일 것이다. "절대 그러지 않을 거라고 말씀드렸지. 내가 어떤 사람인지, 또 나를 상징하는 것이 무엇인지 진솔하게 보여주고 싶었어. 후배들이 '저 사람도 CEO가 되는데 나라고 못할 이유가 어디 있어' 하길 바라면서. 전 직원이 모인 첫 타운홀 미팅에서 핑크색 점프수트를 입었는데 지금도 자랑스럽게 생각해."

회사의 홈페이지에 실린 글 '다양성과 포용'은 "너 자신이 되어라(Be yourself)"로 시작한다. 그런데 나답다는 건 무엇일까. 최근 100명쯤 되는 사회 초년생들과 함께한 '비전 토크'라는 자리에서 사람 관계로 인한 어려움에 대해 질문을 받았다. "아, 정말 어려운 문제이지요. 일터에서 겪는 어려움과 스트레스가 일 자체에서만 오는 경우는 별로 없어요. 번 아웃도 야근 많이 해서 오는 게 아니에요. 상사나 부하 직원, 혹은 동료 관계에서 부대끼다가 마음의 저지선이 무너지면서 체력도 와르르 무너져 오는 것이구요. 계속 훈련하고 훈련해도 저 역시 어려운 대목이네요."

내 답에 대한 피드백을 이후에 접했는데 의외였다. "저렇게 사회적으로 많은 걸 이룬 인생 선배님은 저런 일쯤은 척척 해결할 수 있고 뭔가 근사한 답을 주실 것 같았는데요. 여전히 본인에게도 어렵고 힘겨운 거라고 너무 진솔하게 말씀해주셔서 놀랐어요. 갑자기 '그래, 괜찮다. 센 척하고 완벽한 척하지 않아도 된다' 하는 말을 들는 것 같았어요."

　나는 그저 속내를 내비쳤을 뿐인데 그게 누군가에게 작은 깨달음을 전하다니 이게 더 놀라웠다. 돌아보면 기자로 일하면서 인터뷰에 응하지 않는 취재원의 마음을 열 때, 글로벌 회사에 와서 정부 관계자, 언론인, 환자 같은 다양한 분들을 만나서 중요한 사안에 대해 논의할 때 나는 솔직한 심경을 그대로 드러냈던 듯하다. 특정 상황에서 나는 무엇을 생각하고 어떻게 느끼는지, 어쩌면 나의 단점일 수 있는 것들도 담담하게 전달했다. 솔직하고 진실한 마음이 결국 이기리라는 믿음도 있었지만 솔직히 나의 천성이라 그럴 수 있었던 듯하다. 또 한편 꼬인 실타래 같은 상황을 풀어가고 상대방에 대한 신뢰를 쌓으려면 나의 내면을 열어 보여야 한다는 점을 본능적으로 습득한 것도 같다. 동시에 나의 리더십을 돌아볼 때는 그런 부분이 탐탁지 않다는 점도 아이러니하다.

＊

카리스마 넘치는 리더, 상대의 마음을 다독여주는 리더, 감성이 풍부한 리더, 갈등 조정 능력이 탁월한 리더, 권한 위임을 잘하는 리더, 마음이 따뜻한 리더, 용기를 주고 나아가게 하는 리더…… 세상에 리더가 가질 수 있는 강점은 얼마나 많을까. 모든 걸 다 가질 수는 없다. 어차피 세상살이 각자 가진 강점으로 승부하건만 나부터도 나의 재능과 강점에 감사하며 누리기보다는, 늘 부족한 걸 곱씹어보고 속 끓이며 걱정하고 살지 않았나 싶다.

세계 무대에서 활발히 활동하는 지휘자 김은선은 2019년 여성 지휘자 최초로 샌프란시스코 오페라단 음악감독으로 발탁되고 아시아 여성 지휘자로는 처음으로 베를린 필하모닉 오케스트라를 지휘했다. 최근 한 인터뷰에서 김은선은 젊은 여성 지휘자로서 겪는 어려움에 대한 질문을 받고는 이렇게 답했다.

"태어날 때부터 여성이었고 남성이었던 적이 한 번도 없어서 지휘자가 남성이라고 해서 쉬운 직업이고 여성이라서 굳이 더 어려운 직업인지 가늠하기 힘들고요. 누구나 다 아는 베토벤의 〈운명 교향곡〉을 250번쯤 연주해본 전문가들에게 리더로서 난 도대체 뭘 설명할 것인지, 이들이 그걸 새롭게 연주하게 할지가 과제 아닐까요. 음악적인 해석이나 언어, 그리고 제가 이 작곡가의 의도를 어떻게 전달하는지가 명확하면 이분들도 저를 같이 존중해주는 것 같고 거기서 아마 리더십이 나오는 게 아닌가 싶습니다."

자신의 강점을 파악해서 한 분야의 전문가로 성장하고 누구도 부정할 수 없는 프로페셔널이 되는 것, 이 과정에서 남들이 규정한 기준에 맞추지 않고 온전히 '나다운 나'를 만들어가는 것이야말로 진정한 리더만이 보여줄 수 있는 차별화된 품격이 아닐까.

175.

소외에 대한 두려움

일하다 보면 이렇게 진정성을 나누거나 소속감과 동료의식을 느끼는 훈훈한 일상만 있는 것은 아니다. 조직이나 인간관계에서 나만 무언가를 놓치고 소외되는 듯한 상황이 숱하게 펼쳐진다. 세상사 내 마음같이 움직이지 않는다는 사실을 깨달은 지 오래건만, 많은 직장인이 친구와 가족 관계뿐 아니라 직장 내의 업무와 관계에서 나만 소외되었다 싶어 속을 끓인다. 이를 '포모(FOMO, Fear of Missing Out)'라고 한다. 중요한 무엇을 놓치거나 내가 제외된 게 아닐까 하는 두려움, 자신이 해보지 못한 가치 있는 경험을 다른 사람이 하고 있지 않을까 하는 막연한 두려움을 뜻한다.

글로벌 기업을 예로 들면, 명확한 위계질서 없이 여러 방식으로 관계를 맺고 일해야 하는 매트릭스 조직이라는 성격 때문에 생기는 포모들이 있다. 인간적인 갈등이나 부딪힘을 넘어, 자신이 속한 부서의 업무 처리 방식이나 의사결정 방향, 우선순위 때문에 부정적인 감정이 생기거나 업무 생산성이 낮아질 수 있다. '미팅에 왜 우리 부서는 초청하지 않았는지' 혹은 '회식에 왜 나는 제외됐는지' '최종 결정을 우리 팀이 해야 하는데 왜 다른 팀이 했는지' 등등 다양한 상황에서 이 소외 감정들이 생겨난다.

우리는 남들로 인해 포모를 경험하기도 하고 본의 아니게 상대방에게 포모를 안겨주기도 한다. 자기 입장에선 그렇게 한 이유가 있다 해도 잠깐 숨 고르고 포모를 경험한 상대방의 입장이 되어보면,

177.

이해가 안 가는 바는 아니다. 결국 여기에서도 끊임없이 '타인의 입장이 되어보기'를 해야 한다.

소외라는 감정은 개인들 사이뿐만 아니라, 특정 부서, 나라들 사이에서도 생긴다. 유럽에서 열린 워크숍에서 누군가 말했다. "사업부에선 평소 이거 해달라, 저거 해달라 난리를 쳐놓고는 막상 최종 의사결정이나 연말 평가할 때, 우린 안중에도 없다. 지원 부서들은 정말 조직에서 부모 없는 고아들 같다." 이 말이 끝나자마자 여기저기서 볼멘소리들이 터져 나왔다.

각별히 공을 들이고 마음을 쏟은 일이나 인간관계에서 포모를 경험할 때, 상실감은 배로 커지게 마련이다. 이건 무대가 일터라고 해도 달라질 게 없다. 아시아 지역의 동료들과 모여서 진정성 있는 리더십에 대한 이야기를 나누던 중 눈물 없이 못 듣는 각자의 포모 경험담이 펼쳐졌다. 이어 한 명이 "우리가 정말 배워할 건 조모(JOMO, Joy of Missing Out)"라고 해서 다들 웃음을 터뜨렸다. 남들이 하는 일을 다 하지 않아도 되고, 세상만사에 다 끼지 않아도 되는 자유로움에서 비롯되는 기쁨 말이다. 그래서 일터에서는 업무 배당이나 인간관계에서 소외된 사람이 있는지 살피며 안테나를 세울 필요가 있다. 동시에 내가 속한 자리에 당당하게 발을 딛고 존재감을 발휘하되 불필요한 소외 감정에는 적당한 거리를 두고 자유로워지면 어떨까. 마음의 근육을 키워야 할 상황이 참 많다.

178.

*

글로벌 기업에서 다양성과 포용을 지향하며 실천 도구로 강조하는 개념 중 하나가 '얼라이십(Allyship)'이다. 나도 회사에서 '여성 리더십과 포용' 관련 그룹의 한국 대표를 맡으며 이 얼라이십을 접했다.

미국 온라인 사전 사이트 딕셔너리닷컴은 2021년 올해의 단어로 '얼라이십'을 선정했다고 발표했다. '소외된 이들을 지지하거나 옹호하는 사람의 행동이나 역할, 혹은 공동 목표를 위해 상대방과 협력하는 사람, 집단, 국가 간 관계'라고 설명했다. '서로의 편이 되어주기'라고 정의하면 좀 더 이해하기 쉬울 것 같다.

장면 하나. 한 남성 팀장과 여성 사원이 회사를 방문한 외부 인사를 맞이한다. 남성 팀장이 악수를 건네려는 순간, 그 앞에 놓인 '유리 벽'에 부딪혀 손을 내밀지 못한다. 옆에 있던 여성 사원이 나서서 팀장인 것처럼 인사를 한다. 남자 팀장은 머쓱해한다.

장면 둘. 새 프로젝트를 시작하며 역할을 분배하는 미팅 자리. "내가 해보고 싶다"고 말하려는 남성 직원 옆에서 여성 직원들이 다른 여성 직원들 이름만 댄다. 의기소침해 있는 남성 직원 옆으로 여성 팀장이 가더니 "조가 맡으면 아주 잘할 것 같다"며 편이 되어준다. 잠시 후, 앞에서 펼쳐진 장면 속의 여성과 남성이 바뀌고 칠

판엔 '조'라는 이름 대신 '조안나'가 쓰인다. 조안나가 등장해 "성차별과 유리벽은 아직도 존재한다"며 "우리는 서로의 다름을 축하해주고 존중해야 한다"라고 말한다.

남성은 여성에게, 여성은 남성에게 '서로의 편이 되어주자'는 메시지로 마무리된다. 얼라이십에 대한 사내 제작 영상의 한 장면으로, 직원들이 직접 연기자로 변신했다고 한다. 한쪽 성별을 우대하자는 것이 아니라 무의식적인 편견을 돌아보고 깨어 있자는 것이다.

얼라이십을 주제로 사내에서 처음 토론을 이끌게 되었을 때, 조금 고민이 되었다. 개념 자체가 친숙하지 않았고, 성별을 구분해 다루기가 부담스럽기도 했다. 그래서 "당신은 조직 안에서 '소수'라고 느낀 적이 있었느냐"라는 질문으로 토론을 시작했다. 효과가 있었다. 많은 것을 이루고 성취했다고 여겨지는 리더들이라고 해서 자신이 소수라고 느껴져 어쩐지 주눅이 들고 마음이 낮아질 때가 왜 없었겠는가.

대부분 미국인인데 나 혼자 아시아인일 때, 다들 근속 연수가 긴 사람들인데 나 혼자 신입일 때, 거의 다 여성인데 몇 안 되는 남성일 때, 우리는 서로 다른 방식으로 외로운 순간을 경험한다. 이렇게 내가 약해져 있고 누군가의 도움이 필요한 순간을 경험한 사람만이 누군가에게 손을 내밀어 상대방 편이 되어줄 수 있지 않을까.

180.

*

세계 최고의 보디빌더로 출발해 영화배우로 활약하고 미국 캘리포니아 주지사를 지낸 아놀드 슈워제네거. 20세에 이미 보디빌더로 유럽에서 큰 성공을 거두어 자만해 있을 무렵, 미국에서 열린 대회에 출전했다가 처음으로 패배를 맛본다. 후유증은 생각보다 컸다. 언어도 안 통하고 몸 근육에 대한 평가 기준도 달랐으며, 마음 붙이고 운동할 체육관도 찾기 힘들었다.

"무기력하고 외로웠어요. 나 혼자 이룰 수 있는 게 없었어요. 도움이 필요했어요." 좌절감에 빠진 슈워제네거를 건져낸 것은 같이 운동하는 공동체였다. 그는 부족한 부분을 지적하고 보완해주며, 서로 자극하고 동기부여를 해줄 수 있는 편을 만들어갔다. 자신에게 참패를 안긴 경쟁자에게도 손을 내밀어 배우고 도움을 받았다. "우리는 서로를 도왔다." 그는 넷플릭스에서 방영한 다큐멘터리 〈아놀드〉에서 이렇게 말했다. 세상에 아쉬울 게 없을 듯한 아놀드 같은 사람도 이렇게 마음이 낮아진 시기를 겪었고 이를 극복하기 위해 적극적으로 도움을 요청하고 연대했던 것이다.

이전 회사에 있을 때 일이다. 새로운 팀을 맡아서 팀워크를 다지기 위한 워크숍을 외부 전문가와 함께 진행했다. 겉으로 봐서 남들이 모를 것 같은, 남들과 공유하지 않은 나만의 '약함'을 주제로 이

181.

야기를 나누었다. 회사라는 일터에서 굳이 나누지 않아도 되고, 그러지도 않았던 사연들이 하나씩 등장했다.

나부터 살면서 좌절했던 시간, 개인적으로 낮아졌던 때를 이야기했다. 걱정거리라곤 눈곱만큼도 없을 것 같은 부서의 한 주니어 직원이 언니를 하늘나라로 떠나보낸 얘기를 하며 울기 시작했다. 여기저기에서 눈물이 터졌다. 서로의 약함을 나눈 뒤에 놀랍게도 팀원들 사이에 자연스럽게 유대감이 생기고 서로를 이어주는 끈이 만들어지는 것 같았다.

우리 모두는 혼자일 때는 약하고 부족하고, 어려운 문제를 해결하기 어려운 법이다. 그래서 회사까지 나서서 직원들에게 "서로 도와주며 힘을 합치라"고 독려하는 것이다. 어쩌면 누군가의 편이 되어주고, 누군가에게 '내 편이 되어달라'고 하기가 그리 어려운 일이 아닐지도 모른다. 언젠가 밤에 화상회의에 들어갔을 때, 한 외국인 동료가 한 말이 떠오른다. "굿 모닝, 굿 애프터눈, 굿 이브닝! 여기 늦은 밤 화상회의에 들어온 아시아 동료분들은 편안하게 화면을 닫으셔도 됩니다." 작은 배려였는데, 처음 만난 그 동료가 내 편으로 느껴졌다.

누군가에게 힘이 되고 그들 편이 될 수 있는 일은 생각보다 많을지도 모른다. 누군가의 편이 되어줄 때 내 편도 더 많아지니, 얼마나 좋은가. 이 거친 세상, 서로의 편이 되어주는 기쁨을 한껏 누리자!

182.

서로 솔직히 말하기

10년 전, 관세청 통관 팀에서 전화가 왔다. "뉴욕에서 금화(金貨)같이 생긴 물건 수백 개가 이 회사 앞으로 배송됐는데 확인 부탁합니다." 뉴욕에서 온 금화라니! 모두를 깜짝 놀라게 한 이 해프닝은 화이자 CEO부터 팔 걷어붙이고 강조한 '스트레이트 토크' 캠페인에서 비롯됐다.

전 세계 모든 직원이 하나의 네트워크로 연결되어 진행된 'CEO와의 대화'. 전년도 실적을 나누고 한 해 비즈니스 전략을 발표한 미국 본사 CEO는 난데없이 '스트레이트 토크'라고 쓰인 동전을 꺼내 들고 입을 열었다. 말하기 껄끄러운 주제에 대해서도 솔직히 말하라는 것이었다. "저부터 실천할 테니 여러분들도 제게 스트레이트 토크 해주세요!"

바다 건너 날아온 이 금화 한가운데엔 'Straight Talk', 금빛 테두리 부분엔 'Let's Discuss Behavior(행동에 대해 얘기해보자)'라고 쓰여 있었다. 회사에서 스트레이트 토크라는 단어를 접한 사람들은 다들 고개를 갸우뚱했다. "돌직구 날리라고?" "가식을 벗어던지고 솔직해지자는 건가? 그런데 왜 이걸 하라는 거지?"

회사에선 이를 "서로를 존중하고 신뢰하는 마음으로 곧고 진솔하게 하는 대화"라고 정의했다. 대상은 동료, 상사, 상사의 상사까지 포함한다. 이 같은 행동이 조직에 잘 자리 잡을 때, 사안의 핵심을 짚어내 꼬인 실타래를 풀 수 있고, 인간관계가 담백하고 건강해지며, 결국 경쟁력 있는 조직 문화를 견인한다는 개념이었다.

처음엔 원활한 커뮤니케이션을 강조하는 올 한 해 캐치프레이즈이겠거니 했는데 그게 아니었다. CEO가 금빛 동전을 들고 나와 포문을 여니, 본사 리더십 팀들이 세계를 누비며 스트레이트 토크를 했던 경험담을 풀어냈다. 이후 각 마켓에서 지사장을 필두로 리더십 팀부터 우리 조직의 스트레이트 토크 수준을 진단하고, 개선점과 대안을 찾아보는 워크숍을 열었다. 조직 내 리더십 평가 항목에 '당신의 상사는 스트레이트 토크를 장려하는 문화를 조성하고 있는가'가 포함되었다. 스트레이트 토크가 조직의 분위기와 개인의 리더십 수준을 가늠하는 지표가 된 것이다. 회사의 리더들은 너나 할 것 없이 스트레이트 토크 전도사로 나섰고, 다른 마켓을 방문하기라도 하면 '○○와의 스트레이트 토크 시간'이 단골손님으로 등장했다.

*

자신이 몸담고 있는 회사에서 이 주제로 정신무장 훈련을 받는 것은 분명 신선한 경험이다. 회사 밖 사람들에겐 문화혁명쯤으로 비쳤나 보다. 대기업에 다니는 남편을 둔 회사 동료가 말했다. "남편이 먹고살기에도 바빠 죽겠는데 그런 한가한 주제로 반나절씩 임직원 워크숍을 여냐고 해요. 그래도 이런 데 시간과 돈, 자원을 투자하는 조직은 좀 부럽다면서요." 대기업에 다니는 후배는 본인 회사에선 "직언하지 말라"는 분위기라면서 글로벌 기업이라 정말 다르긴 하다고 했다. "직장 생활을 하면서 하고 싶은 말 다 하고 사는 사람이 어디 있겠나, 직언(直言)이 다가 아니라고 하거든요."

해를 거듭하면서 스트레이트 토크에 참여하는 개인이나 그룹은 이를 바탕으로 확실히 성장했다. "나는 원래 돌직구 스타일"이라며 이전보다 더 과감하게 하고 싶은 말을 마구 날리는 직원에겐 "제 아무리 훌륭한 직언에도 예의가 빠져선 안 된다"는 스트레이트 토크가 되돌아갔다. 스트레이트 토크를 제대로 하려면 상대방의 토크를 진정으로 경청하는 '스트레이트 리스닝' 풍토가 자리 잡아야 한다는 말도 자연스럽게 나왔다. "건강한 조직 문화도 좋지만, 하고 싶은 말을 다 꺼내놓다 보니 일일이 설명하고 논의하는 데 에너지가 너무 많이 든다"는 목소리도 들려왔다.

원래 회사나 조직이 어떤 개념을 강조하는 이유는 저절로 잘 돌아가지가 않기 때문이다. 캠페인 초기엔 본사에서 "일본이나 한국 같은 동양 문화권에선 이걸 실천하기 어렵지 않느냐"고 묻기도 했다. 조직에서 불필요한 오해를 사거나 안 좋은 평가를 받으면 어쩌나, 하는 우려가 서양 문화권보다 더 많은 것은 사실일 터다. 흥미롭게도 미국이나 유럽권 동료들 역시 스트레이트 토크가 그리 쉽지만은 않다고 털어놓는다.

뉴욕에서 온 미국인 동료도 "누가 지금부터 스트레이트 토크 좀 하겠다고 하면 일단 긴장부터 된다"며 "좋은 얘기만 하고 싶고, 갈 등 없이 잘 지내고 싶은 인간 본성에 거스르는 면이 있긴 하다"고 했다. 인사와 코칭 전문가인 한 친구는 "글로벌 기업이 다른 기업과 차별화하고 승리할 수 있는 힘은 문화에 있다"면서 "실체 없는 문 화를 형상화하기 위해 전략적으로 관찰하고 실천할 수 있는 행동을 내세운다"고 했다.

그러고 보니 이 직언 행동이, 혁신과 윤리 경영을 어떤 가치보다 중시하고 강조하는 제약 업체의 속성에 맞아떨어지는 면도 있는 것 같다. 남과 다른 의견을 자유롭게 내놓아 혁신이 싹틀 수 있는 토양 을 만들기 위해, 또 윤리 경영에 있어서 위험을 감지하고 대비하는 안전망을 갖추기 위해 이 같은 행동 무장은 중요한 전략이라고 할 수 있다.

언뜻 보면 덜 권위적이고 수평적인 글로벌 기업의 조직 문화를 강조하는 캠페인 같지만, 여기에는 정교한 기획과 노력이 숨어 있 다. 넷플릭스 CTO(최고기술경영자)였던 패티 맥코드는 『파워풀: 넷플릭스 성장의 비결』에서 직원들이 서로 솔직하게 '시작하라' '그 만하라' '계속하라'고 피드백을 한다는 이야기를 들려준다. 넷플릭 스에도 스트레이트 토크 문화가 자리 잡고 있는 셈이다. 맥코드는

"극도의 솔직함은 중요한 통찰력으로 이어질 수 있는 반대 의견을 속으로만 갖고 있지 않고 공유하게 한다"라고 했다.

*

스트레이트 토크는 감정을 섞어서 상대에게 반대 의견을 날리는 돌직구가 아니다. 로컬에서 벌어진 사안이 계속 불거지면서 한 방송국의 시사 고발 프로그램 팀이 인터뷰를 요청한 적이 있다. 글로벌 팀에선 대면 인터뷰에 응하지 말고 서면으로 답변하라며 보수적인 방식을 권했다. 그런데 로컬 상황을 보니, 서면으로 답변하면 상황을 회피하고 외면하는 것으로 비칠 가능성이 컸다. 게다가 해당 사안은 우리 회사만의 문제라기보다는 사회구조에 기인한 문제여서 관계자들은 해결책을 모색하며 고민하고 있었다. 그래서 인터뷰 방식에 따른 장단점을 글로벌 팀과 지역본부에 제시했고, 원래 방침과 달리 대면 인터뷰에 응하기로 했다. 물론 모든 내용은 글로벌 팀, 지역본부, 로컬 팀과 협력해서 준비했다. 방송이 나간 뒤 글로벌 팀에선 "당신이 그때 용기를 내서 한 스트레이트 토크였겠지만 결과적으로 우리가 할 수 있는 최선의 대응이 되었다"라고 했다.

어려운 주제를 외면하고 덮어버리기보다는 정면으로 바라보고 수면 위에 올리는 이 스트레이트 토크는 우리 개인의 삶에 도움을 주기도 한다. 시댁 식구들이나 자녀의 학교 선생님을 대상으로 어려운 얘기를 꺼내야 했을 때, 회사에서 연습한 덕분에 대화가 잘 풀리고 문제가 해결됐다고 털어놓는 이들이 있다. 돌아보니 나 역시 실생활에서 좀 더 세련된 스트레이트 토크를 하고 있고, 상대방의 스트레이트 토크에 대응하는 맷집도 더 세진 것 같다.

얼마 전 있었던 사내 토론에서 "조직 생활을 하면서 어려움을 겪을 때 해결하는 본인만의 비결은 무엇인가"라는 질문을 받았다. 나는 이렇게 대답했다. "어렵고 힘든 얘기는 저도 솔직히 피하고 싶은데요. 그걸 외면하지 않고 탁자에 올려놓는 연습을 계속 하고 있어요. 감정을 내세우지 않고 사안을 최대한 담백하고 객관적으로 대하려 하고, 그럴 때 오히려 스트레이트 토크를 잘할 수 있더라구요."

국내 대기업에 다니는 후배가 "그런데 스트레이트 토크를 하면 윗사람들이 오히려 힘들어지는 것 아냐" 하고 물었다. 글로벌 기업이 강조하는 가치, 지혜, 원리를 자랑스레 설명했는데, 후배 말을 들으며 고개를 끄덕이는 내 모습을 발견했다. 그래, 이 역시 저절로 되는 일이 아니고 내 할 말 다 하기도 쉽지 않으니 씨 뿌리고 물 주며 공을 들여야 할 것이다.

"소통을 잘하기보다 스트레이트 토크 잘하기가 더 어렵다. 솔직히 스트레이트 토크 할 일은 좀 줄어들면 좋겠다." 오늘 나의 스트레이트 토크다.

190.

글로벌 기업의 사람 관리와 평가

경제학자 짐 콜린스는 『좋은 기업을 넘어 위대한 기업으로』에서 훌륭한 기업을 버스에 비유한다. 버스가 향하는 쪽이 회사의 비전이고, 목적지로 가는 방식이 기업 전략이라 할 수 있다. 그런데 가장 중요한 것은, 겸손한 품성과 불굴의 의지를 가진 최고 경영자가 버스에 태울 사람과 내릴 사람을 구분하는 데에 있다고 한다. 적임자를 적합한 자리에 앉히면 버스가 알아서 목적지에 잘 도착할 것이기 때문이다.

글로벌 기업에서도 결국은 사람 농사를 조직 성장과 지속가능성을 결정하는 핵심 요소로 본다. 수많은 나라에서 글로벌 조직을 운영해야 하니 기본 시스템과 플랫폼을 제대로 세우는 것이 무엇보다 중요하다. 하지만 뭐니 뭐니 해도 리더십과 인재가 모든 일의 출발점이 된다.

흔히들 '파이프라인'이라고 하면 자사에서 개발, 생산하는 시스템 혹은 비즈니스를 견인하는 핵심 분야를 말한다. 한데 글로벌 기업이 "우리 회사의 파이프라인"이라고 할 때는 회사의 핵심 인재를 뜻하기도 한다. "당신 마켓의 인재 파이프라인은 어떻게 준비되었나요?" "후임자 진단과 계획을 제출해주세요" 하는 식이다. 그러고 보니 글로벌 기업에 입사해서 귀에 못이 박힐 정도로 듣는 단어 중 하나가 탤런트 플래닝(인재 계획)이나 탤런트 디벨롭먼트(인재 개발)였다.

콜린스는 같은 책에서 "사람이 가장 중요한 자산이란 말은 틀렸다. 적합한 사람이 중요하다"라고 강조했다. <u>그렇다면 적임자를 어떻게 뽑을 수 있을까.</u> 개인 입장에서도 어떤 조직과 함께할지를 놓고 고민하지만, 조직은 함께할 개인을 뽑는 일에 많은 시간과 노력을 투입한다. 기자를 하다가 글로벌 기업에 입사할 때 "당신은 글로벌 기업 경험이 없지만 당신의 잠재력을 보고 투자하는 것"이라는 말을 들었다. 나는 속으로 '당신 회사만 그런 게 아니랍니다. 나도 이 회사랑 정말 맞을지 모르지만 도전하고 투자하는 거예요'라고 말했다. 함께 가보지 않은 길을 선택하는 것은, 개인에게도 회사에게도 매한가지이리라. 서로 맞아떨어졌을 때, 한솥밥을 먹기로 하고 회사는 문을 열어주고 개인은 입장하는 것이겠지.

일터에서 함께할 사람을 선택하는 일은 참 어렵다. 무엇을 해도 잘할 것 같은 내공을 갖추었고 잠재력도 뛰어나지만 당장은 그 자리에 적합한 기술과 전문성을 갖추지 않은 사람이 있다. 반대로 기술과 전문성은 갖추었지만 위기를 견디고 넘어설 맷집과 잠재력을 갖추지 못한 사람도 있다. 정해진 답은 없다. 그때그때 고차방정식을 풀 듯, 여러 차례 논의한 끝에 결정한다.

우리는 누군가를 채용하기 위해 면접관이 되기도 하고, 어떤 자리를 놓고 면접의 대상이 되기도 한다. 짧은 시간 동안 본인의 역량을 보여주는 형식 자체는 생각보다 아주 중요하다. 면접만으로 사람의 깊이와 내공, 역량을 가늠하기 어려울 때도 많다. 훌륭한 역량을 갖추었으나 면접은 잘하지 못하는 사람이 있는가 하면 본인이 가진 자질보다 면접 자체를 잘해서 돋보이는 사람도 있다. "정말 훌륭한 인재인데 인터뷰 현장에선 빛나지 않을 수 있다는 점도 감안해야 한다"는 대화를 주고받기도 한다. 사실 영어로 면접을 진행하며 글로벌 동료들과 경쟁해야 할 때는 더더욱 그럴지도 모른다.

글로벌 기업에선 내부 면접을 진행할 때 일종의 체크 포인트가 교본처럼 준비되어 있다. 후보자의 전략, 소통, 팀워크, 리더십 성숙도, 협업, 맷집, 학습 능력 등을 분석하기 위한 질문들이 예시되어 있다. 흔히 5분이면 상대를 알 수 있다고 하는데, 이런 섣부른 선입견으로 인한 오류를 최소화하고 면접자를 더욱 객관적으로 파악하기 위한 장치를 두는 것이다. 이는 또한 채용하는 사람이 가질 수 있는 무의식적 편견을 최대한 줄이는 데도 도움을 준다.

면접을 할 때, 생각이 아닌 경험을 말하는 '행동 중심의 면접'이 중요하다. 연애를 할 때, 상대방이 하는 말을 믿지 말고 그 사람이 하는 행동을 보라는 말이 있다. 거창한 사례를 제시할 필요는 없으며 작은 사례라도 상당히 구체적으로 이야기해야 더 설득력이 있다. 본인이 왜 그 일을 하게 되었는지, 팀에서 어떤 역할을 했는지,

이후에 무슨 차이를 만들어냈는지를 매끄럽고 효과적으로 전달해야 하니 이런 면접은 짧은 무대 공연일지도 모른다.

＊

한솥밥을 먹기로 한 뒤엔 직원들의 능력을 개발해 개인과 조직의 성장에 기여하게 해야 한다. 처음 글로벌 기업에 입사하고 나서 탤런트 플래닝 토론에 참여했을 때다. 내 팀뿐 아니라 다른 팀의 인재에 대한 토론도 벌어졌다. 그 인재의 행동 방식이나 품성과 성향을 관찰해 정보를 교환하면서 이후 인재 관리에 활용하기 위해서다.

한 사람에 대한 너무나 상세한 내용들이 다뤄져 처음엔 '뒷담화가 아닌가' 싶어 살짝 불편한 마음이 들었다. 한데 그런 모든 논의는 일터를 배경으로 한 사람의 지도력과 성향을 총체적으로 분석하고 평가한 것이었다. 더불어 이 핵심 인재에게 어떻게 더 많은 동기부여를 할지, 그래서 더 많은 성과를 내고 조직의 성장에 기여하게 할지를 두고 논의가 이어졌다. 피드백을 기반으로 한 코칭이나 프로젝트 같은 방법이 추천되기도 한다.

당시 내가 처음 받은 피드백이 기억난다. "전에 일하던 조직과 너무나 다른 영역에 왔는데 배움의 속도와 적응력이 뛰어나다"며 "좀 더 개발할 영역이 있다면 곤란한 상황에 맞서는 컨프런테이션

(Confrontation)"이라고 했다. 글로벌 기업 풍토에 맞게 다른 의견에 당당히 맞서는 리더십을 키웠으면 좋겠다는 것이었다.

그후, 정말 수많은 인재 양성 논의에 참석했다. 한국적인 정서에선 리더십의 장단점이 너무나 명확히 드러나는데 보스에게 좋은 인상을 주고 인정을 받아선지, 외국인 보스가 그의 단점을 알아채지 못하는 경우도 봤다. 매번 실적을 잘 달성해 인정을 받지만 일하는 스타일 때문에 "가까이 가면 화상을 입을 수 있으니 가급적 가까이 하면 안 된다"는 평가를 받는 사람도 봤다. 초고속으로 승진했으나 리더십에 있어서 여러 리더에게 쓰라린 평가를 받은 사람이 몇 년이 지나 단점을 개선해 훌륭한 리더로 성장해 주변을 놀라게 한 경우도 목격했다.

특히 '사람 중심' 문화가 강조되는 지금 회사에선 정말이지 이 논의에 다들 진심을 다하고 있다. 인도, 일본, 호주 등 다양한 마켓에서 일하는 인재들에 대한 토론이 시작되었는데 내용들은 이러했다. "헬스케어 관련 협회에서 일하다 입사했는데 정말 업계에서 두터운 신뢰를 받고 있는 인재다. 다만 본인이 기여한 바에 대해 '내가 했다'는 점을 과하게 강조하는 면이 있다. 새 조직에 와서 존재감을 심으려다 보니 그럴 수도 있을 것 같다. 이 점은 이 분이 잘 적응한 뒤, 지켜보면서 필요하면 피드백 주겠다" 등. 인간 본성에 대한 이해나 한 인간에 대한 관심과 관찰 없이는 다룰 수 없는 내용들이 오갔다. 나는 한 동료에게 "당신 팀 인재에 대한 이야기를 하도 깊이 들어서 리포트를 한 편 쓸 수도 있겠다"며 웃었다.

넷플릭스에 다니는 친구에게 선물 받은 『규칙 없음』이란 책을 보니, 성공을 갈망하는 슈퍼스타를 업계 최고 대우로 데려오는 넷플릭스의 인재 경영 내용이 나왔다. 넷플릭스 창업자 겸 CEO였던 리드 헤이스팅스가 프랑스 인시아드 경영대학의 마이어 교수와 쓴 책이다. '자유와 책임'이라는 경영 원칙을 지키는 데 가장 중요한 요소가 '높은 인재 밀도'라고 한다. 회사의 중간 관리자들은 부하 직원들을 대상으로 끊임없이 "계속 같이 일할 사람인가, 혹은 관둔다고 했을 때 좋아해야 할 사람인가"를 평가한다고 한다. 키퍼 테스트(Keeper Test)라고 하는데, 부족할 땐 피드백을 주고 개선 방법을 논의하지만 그래도 발전하지 못하면 퇴직금을 안겨주고라도 내보낸다는 것이다.

각자 제 일 하느라 분주한 것 같은데 회사에서는 직원들을 전 인간적으로 관찰하고 평가하고 있구나, 생각하게 된다. 이런 논의를 하는 우리들도 완벽하지 않으며 누군가의 논의 대상이 된다. 다만 이런 토론을 깊이 하다 보면 나 자신을 돌아보게 된다. 나는 이 회사, 이 자리에 얼마나 적합한 사람인지, 자리에 걸맞은 역할을 잘해내고 있는지.

＊

예전에 한 취업 사이트에서 실시한 설문조사를 보니 직장인 열 명 중 일곱 명은 성과 평가에 불만이 있다고 했다. 사람을 평가하기도 평가받기도 싫어서 조기 은퇴하고 지방에 내려간 사람도 있다고 한다. 평가를 하고, 받는 일은 왜 이토록 민감하고 어려울까.

기업 입장에서 직원에 대한 평가는 성과 측정을 넘어 개인, 나아가 조직의 성장과 발전의 계기가 되는 중요한 장치다. 그렇기에 핵심성과지표(KPI), 목표 및 핵심결과지표(OKR), 360도 피드백, 경력 개발 계획 같은 전문 용어들이 출현한다.

세계적인 경영학의 대가인 드러커는 성과 평가에 대해 "측정할 수 없는 것은 관리할 수 없다" "측정할 수 없다면, 개선할 수 없다"고 말했다. 누군가를 평가할 때 객관적인 데이터로 계량화해서 평가해야 하고, 대상자는 이 과정을 통해 성장하고 발전할 수 있어야 한다는 말이겠다.

흔히들 "열심히 최선을 다했다"라고 주장한다. 그러면 "열심히 했다는 것은 알겠는데 그래서 어떤 결과를 낳았느냐"라는 질문이 돌아온다. 글로벌 기업에서는 무얼 이루기 위해 열심히 노력한 것은 가상하게 보지만, 그렇게 일해서 나온 결과가 무엇인지를 끊임없이 돌아보고 설명하게 한다. 업무 과정에서 중간 목표를 명확히 설정하고, 해당 구간에서 이를 정확히 측정하기 위해 노력해야 한다. 회사에서는 이런 점을 수시로 강조한다.

업무 목표를 세울 때, 장황하고 거창한 것은 가급적 지양하라고 한다. 예전에 목표 설정 시스템 자체가 바뀌어 최소한의 글자수만 입력할 수 있게 해놓아 당혹했었다. 이것도 저것도 다 잘하고 싶다, 이런 이야기는 필요 없고 정말 집중해서 이뤄내야 하는 것을 간결하고 군더더기 없이 정리하는 연습을 해야 했다.

평가를 위한 목표 설정뿐 아니라 평가 기준도 바뀐다. 과거엔 주로 자기 분야에서 얼마나 높은 전문성이나 기술을 갖추었느냐를 보는 업무 성과를 평가했다. 요즘은 협업을 얼마나 잘하고 조직의 가치관을 함양하는 리더십을 얼마나 잘 발휘했느냐 역시 평가 잣대로 삼는다. 조직 문화나 가치관에 대한 수용성과 적극성, 참여와 태도 등이 개인의 평가 지수로 자리 잡아가는 셈이다.

글로벌 기업에서 20년 이상 인사 업무를 맡아온 친구는 "실무적 완결성을 갖추고도 정작 조직에서 남들과 일할 때 덜그럭거리는 사람들이 너무 많다"며 "높은 자리로 올라갈수록 중요한 인재인지 아닌지를 가름하는 평가는 당사자의 '태도'에 달려 있는 것 같다"라고 했다.

유연근무제, 재택근무 등이 확대되어 물리적으로 서로 접하는 시간이 제한돼 있다 보니 평가 시스템도 계속 발달한다. 맨날 사무실에서 얼굴 보면서 이 사람이 얼마나 열심히 일하는지 알 수 있던 때와 달라서 몇 주일 동안 보지 않고도 일한 성과를 정확히 판단하는 것은 웬만큼 시스템을 갖추지 않으면 어려울 수밖에 없다.

주변 사람들 평가나 인식도 중요한 요소가 된다. 상사만 부하 직원을 평가하는 게 아니라 부하 직원도 '360도 리더십 다면 평가' 등으로 상사를 평가한다. 직급이 오를수록 상사뿐 아니라 주변 동료에게 좋은 평가를 받기 위해서는 업무 능력은 기본이고 분명한 논리와 올바른 태도까지 총체적으로 갖추어야 한다.

오래전에 한 선배에게 이런 얘기를 들었다. 일에 대한 성과와 조직 내 인간관계 때문에 괴로울 때였는데 한 선배가 불쑥 전화해서 "너 요즘 굉장히 힘들지? 네가 일하는 양을 보면 내가 다 안다"라고 하더란다. 눈물이 후두둑 떨어질 뻔했던 것을 가까스로 참았다고 한다. 이어서 "운동할 때 근육이 막 아프지? 그럼 근육이 강해지고 있다는 뜻이야. 조금만 더 참고 견뎌"라고 했는데 그 말이 어찌나 위로가 되었는지 모른다고 전했다.

다들 직장 내 평가 때문에 울고 웃으며 사는구나, 싶다. 이제 또 나에 대한 평가의 시간이 다가올 터다. 선배의 조언처럼 있는 자리에서 최선을 다하는 것은 기본이겠으나 어떤 평가를 받든 나의 본질이 중요하지 평가 자체가 전부는 아니라는 사실을 새기고 무장해야지.

5장

내가
나에게
하는 말

인생에서 기억나는 것은 대단한 게 아니다

지난해 봄, 보스턴에 출장을 가서 하루에 세 시간밖에 못 자고 강행군을 했다. 업무를 마치고 개인 휴가를 내서 뉴욕행을 감행했다. 보슬비가 내리는 가운데 기차는 기적 소리를 울리며 덜컹덜컹 움직이기 시작했다. 기차를 타면 기차가 보여주는 풍경에 나를 온전히 맡기게 된다. 마을과 숲, 바다와 호수가 자욱한 안개 속에서 파노라마처럼 흘러갔다. 이런저런 생각들도 풍경과 함께 정처 없이 흘러갔다. 두통이 가라앉고 마음결이 정돈되었다.

허기가 져서 카페테리아 객차로 갔더니 좀 전에 봤던 검표원이 요구르트를 먹고 있었다. 그에게 인사를 건넸다. "바깥 풍경이 너무 좋네요." "약간 우울하긴 하죠." "어쩐지 멜랑콜리하고 그래서 더 좋네요" "아, 무슨 말인지 알아요." "15년 전에 이 기차를 탔던 기억이 너무 좋아서 출장 왔다가 뉴욕행을 감행했어요." "정말 좋은 결정이네요, 잘하셨어요."

바다에서 긴 노를 저으며 파도를 타는 사람들이 보였다. 이번 출장이 결정되기까지 롤러코스터를 타듯 바뀌던 상황들, 마음 졸이며 보낸 시간들이 아득한 지난날처럼 느껴졌다. 비행기에 오르기 2~3일 전까지도 일정이며 일이 확정이 안 된 상황이었는데 이렇게 허락된 휴식 시간이 눈물 나게 감사했다.

맨해튼의 펜 역 주변은 정신없었다. 장대비가 주룩주룩 내렸고 택시와 우버 차량이 엉킨 가운데 트렁크를 든 사람들이 차를 잡느라 여기저기 뛰어다녔다. 정신이 번쩍 났다. 그래, 이게 뉴욕이지. 2016년 한 해 동안 여기서 보낸 시간이 파노라마처럼 흘러갔다. 맨해튼 하늘에 구멍이 난 듯 비가 퍼붓고 천둥 번개가 내리쳤다. 뉴욕은 그렇게 예상치 못한 방식으로 날 반겨줬다. 여기서 머무르며 일했던 시간들, 출퇴근하며 걸었던 블록들, 그때의 내 마음들이 선명하게 떠올랐다. 앨범 속에 접어놓았던 것들이 하나하나 팝콘처럼 튀어나오는 듯했다.

뉴욕현대미술관은 여전했고 마침 조지아 오키프 전시가 열려 마음을 토닥여줬다. 비에 젖은 생쥐처럼 옷과 신발이 흥건히 젖은 채로 하루를 마무리했다. 이튿날 뉴욕은 전날과 같은 도시인가 싶을 정도로 화창하고 찬란했다. 다시 뉴욕이었다. 여기서 내게 주어진 이 짧은 시간, 어디를 갈지 생각할 틈도 없었다. 내 발걸음은 그냥 센트럴파크로 향하고 있었다.

예전에 "뉴욕에 살게 되면 가장 하고 싶은 일이 무엇이냐"라는 질문에 "자다 일어나서 대충 추리닝 입고 센트럴파크를 걷는 것"이라고 했다. 뉴욕이란 도시는 매력적이고 멋진 만큼, 문 열고 나가면 보고 싶고 하고 싶은 것이 지천이었다. 처음엔 흥분했는데, 그런 자극이 끝도 없이 이어지니 피곤하기도 했다.

그럴 때 센트럴파크는 도피이자 진정한 휴식, 그리고 쉼을 의미했다. 출장과 여행으로 피곤해진 몸을 이끌고 운동복에 패딩 점퍼를 입고 갔던 센트럴파크를 기억한다. 그때 희뿌연 하늘에서 갑자기 벚꽃이 흩날리듯이 노란 단풍잎이 떠다녔다. 이렇게 다가오는 가을이 너무 아름다워서였을까. 문득 하늘나라에 계신 엄마 생각이 진하게 났었다.

맨해튼에서 일하는 후배를 만나 사는 얘기를 듣다 보니 한참 전 여기서 근무할 때의 기억들이 오버랩됐다. 뉴욕 사무실에 와보니 사는 나라, 도시만 바뀌었을 뿐이건만 인생을 총체적으로 초기화하는 심정이었다. 새로운 시스템에 나를 입력하려니 자잘한 행정 업무와 씨름하다가 하루가 다 지나가곤 했다. 회사를 떠나는 글로벌 최고위 임원 송별회장에서 회사 CEO와 부회장들이 내 어깨를 스치고 지나갈 때는 그동안 열심히 관람하던 영화 속 한 장면으로 쑥 들어온 것 같기도 했다. 어색하면서도 신기했던 그런 느낌들은 지금도 강렬하게 남아 있다. 남들 보기엔 뉴욕 맨해튼 한복판을 누비며 잘 지내는 것처럼 보였겠지만 나라고 왜 고민이 없었을까.

＊

"세상은 결국 내 마음 같지 않고, 세상이 날 알아준다 한들 내가 원하는 수준만큼은 결코 아닐 거야. 내가 가진 정답을 들이대는 한, 남들의 반응은 다 오답일 수밖에 없어. 인정을 받고 남이 알아주기를 바랄 게 아니라, 이젠 당신이 후배들을 인정하고 알아주고 칭찬해야 해." 짧은 시간이었지만 소호의 근사한 식당에서 후배의 고민을 들어주며 이런저런 이야기를 나누다 헤어졌다. 맨해튼에서 보스턴으로 돌아오는 기차에서 후배에게 문자를 보냈다. "무엇보다도 건강하고 즐기면서 지내길 바란다. 일어나지도 않을 일로 우리는 얼마나 많은 시간과 에너지를 낭비하는지. 쉽지 않겠지만 자꾸 돌아보고 바꾸려는 노력이 필요한 것 같아. 걱정은 조금 내려놓고 귀국할 때 멋진 소파 잘 사서 돌아와라. 그게 제일 중요한 관심사다."

그러다 슬며시 웃음이 나왔다. 후배에게 조언을 한답시고 메시지를 보냈지만 실은 내가 나한테 하는 말이기 때문이었다. 또 내가 수년 전 선배에게 듣고 배우며 마음에 새긴 보석 같은 지혜이기도 했다.

보스턴 출장길에 하버드 케네디스쿨에서 연수 중인 선배와 나눈 대화가 떠올랐다. 한국에서 살아온 분주한 삶이 다 아득하기만 하다고. "존 레논 말이, 인생을 돌아볼 때 무대에서 열광하고 바빠 보낸 시간은 찰나에 지나가고 기억에 오래 남는 일은 산책하고 사색하며 좋은 사람들과 만나고 대화하던 시간이라고……."

그래, 이 순간 또한 어느 날 또렷이 기억나겠구나. 무슨 일로 보스턴 출장을 왔는지는 기억나지 않아도, 기차에 앉아 안개 자욱한 창밖 풍경을 보며 도착한 뉴욕에서 보낸 이 시간만은…….

한여름 밤 꿈 같은 짧은 뉴욕 여행. 나와 같은 고민을 하는 후배를 만난 덕분에, 7년 전의 나를 다시 만난 것 같았다.

나의 에너지는 내가 관리한다

어려서부터 '에너지가 넘친다'는 말을 많이 들었다. 어쩐지 활력과 생기가 있고 적극적인 사람이라는 말 같아 듣기 싫지 않았다. 수년 전 회사 보스로부터 "요즘 에너지 레벨이 좀 떨어진 것 같다"는 말을 들었다. 그즈음 실제 번 아웃이 왔고 내 에너지 레벨이 떨어진 것은 분명한데, 나만 알고 있는 비밀을 들킨 것 같아 마음 한구석이 서걱거리며 불편했다. 그분은 완곡하게 표현했지만 일을 열심히 안한다고 생각하는 게 아닐까 싶었다.

몇 해 전 회사에서 '에너지 매니지먼트' 캠페인을 벌일 때, 신체적·정서적·정신적·영적 에너지의 합산으로 자신의 에너지 수준을 측정했다. 측정 항목은 이랬다.

최소한 하루 일곱 시간의 수면을 취한다.

매주 적어도 세 번의 유산소 운동과 두 번의 근력 운동을 한다.

업무 외에 내가 진정으로 즐기는 활동을 위해 충분한 시간을 마련한다.

수시로 다른 사람들에게 감사를 표한다.

한 번에 한 가지에 잘 집중한다.

내가 인생에서 중요하다고 생각하는 것과 내가 실제로 살아가는 방식은 일치하는 편이다.

각 항목을 체크한 결과 확인된 내 에너지 수준에 놀랐다. 사명감과 열의 같은 영적 에너지는 엄청나게 높은 수치를 보인 반면 신체적 에너지는 바닥이었다. 에너지도 종류별로 골고루 발달해야 하는데 전혀 그렇지 않았던 것이다. 이래서 내가 힘들었구나…… 마음의 체력만 믿고 몸의 체력을 너무 신경 쓰지 않았던 것이다.

메이저 퀸이라는 별명을 가진 LPGA 프로골퍼 전인지 선수는 재작년 3년 8개월 만에 우승을 거둔 뒤 한 인터뷰에서 눈물을 쏟았다. 그동안 골프를 그만두고 싶을 만큼 기나긴 슬럼프에 시달렸단다. "'아직 기회가 남아 있다'는 긍정적인 생각으로 한 타 한 타에 집중했습니다. 우선 나를 믿고 과정을 즐겨보자는 생각으로 다시 플레이했습니다." 자기 나름의 방식으로 에너지 레벨을 유지해갔던 것이다. 하지만 모든 사람이 스스로 슬럼프나 번 아웃 상황을 극복할 수 있는 것은 아니다.

칼럼니스트 출신 기업가 토니 슈워츠가 20년 전 설립한 '에너지 프로젝트'라는 회사는 그동안 이런 상황에 놓인 직원들의 에너지를 관리하고, 회복탄력성을 강화하기 위한 컨설팅을 해왔다. 구글, 코카콜라, 마이크로소프트 같은 글로벌 기업들이 이 회사와 일하며 생산성과 성과 향상, 핵심 직원들의 고용을 유지하는 데 도움을 받았다고 한다. 이런 일을 이끄는 조직 리더를 칭하는 최고에너지책임자(Chief Energy Officer)라는 용어도 있다.

*

글로벌 기업이 비전과 목표 달성, 조직 관리를 하기에도 분주할 텐데, 왜 이렇게 각자의 에너지 얘기를 꺼내는 걸까. 에너지 매니지먼트는 '일에 대한 수요와 강도는 계속 높아만 가는데, 각자의 에너지 용량은 그에 비례하지 않는다'라는 시각에서 출발한다. 인간은 기계가 아니다. 그러니 에너지를 그냥 소비하도록 내버려두어서는 안 되며 어떻게 재생산해서 회복탄력성을 가지게 할지가 중요하다. 개인과 조직의 승부도 여기에서 갈린다고 본다. 조직에서 에너지 관리라고 하면, 직원들이 자신의 에너지를 효율적으로 쓰고 체계적으로 확장하고 재생하게 함으로써 시간과 노력을 더 잘 관리하며 목표를 달성할 수 있게 한다는 뜻이겠다.

　에너지 매니지먼트 워크숍에 참여해서 각자의 속내들을 나누던 때가 생각난다. "내 육체 에너지가 그렇게 바닥일 줄 몰랐다." "책임감과 사명감만 앞섰지 정작 몸 상태는 번 아웃 직전이었구나." "쉼표를 찍어줘야 더 긴 경주를 할 수 있을 텐데……." "내 마음을 돌보는 일에는 왜 그렇게 관심이 없었을까." 모두가 격하게 공감하며 마음을 나눴다. 한 직원은 "지금껏 접한 사내 캠페인과 달리 이걸로 나라는 사람 자체를 깊이 돌아보게 되었다"라고 했다. 뭔가를 더 이루고 달성하자고 닦달하는 게 아니라 회사가 직원 하나하나를 귀하게 여기고 보듬어주는 것 같다는 말들도 있었다. 한번은 본사에서 온 고위급 리더에게 어떻게 에너지 관리를 하느냐고 물어봤다. "일단, 잠을 충분히 자야 한다는 철칙을 갖고 있어요. 그게 출발점이고요. 저녁에 일찍 퇴근해서 아이들과 보내는 두세 시간 동안은 아예 휴대전화를 꺼놓아요. 그런 뒤 다시 컴퓨터와 휴대전화를 켜고 밤에 화상회의를 해요."

애플, 페이스북, 구글 같은 세계적인 기업들이 천문학적 돈을 들여 앞 다투어 사옥을 새로 지은 지도 이미 오래됐다. 격의 없이 소통하는 열린 업무 공간 마련은 기본이고, 놀이터 같은 휴식 공간들을 전면에 배치한다. 모바일 업무, 탄력집중시간제 같은 근무 형태가 일반화되어 회사에 머무르는 시간이 줄어드는데도 이런 공간을 마련하는 데 힘쓰는 것 역시 직원들의 에너지를 충전해 최고의 업무 효율과 창의성을 이끌어내려는 것이겠다.

글로벌 기업에서 진행하는 에너지 매니지먼트의 경우 구체적인 방법과 요령도 다룬다. 작은 변화만으로도 개인의 성과, 행복도, 웰빙이 크게 향상될 수 있다고 보기 때문이다. 누군가에게 감사의 글을 짧게 적어 보낸다든지, 월수금 3일만은 꼭 땀 흘리는 운동을 한다든지, 자기 전에 다음 날 입을 옷을 미리 준비한다든지, 잠들기 전에 그날 좋았던 점 세 가지를 적어본다든지…… 이런 사소한 일들을 반복할 때 나타나는 긍정적인 효과를 강조한다.

이런 개인의 즐겁고 열정적인 에너지가 모여서 팀과 조직의 에너지로 이어질 테고, 이야말로 기업이 돈 들여 투자해도 살 수 없는 힘이 될 수 있다. 또한 긍정적인 기업 문화와 창의성과 혁신성을 갖춘 성과 달성으로 이어질 것도 분명하다.

기업 문화나 조직 성장까지 갈 필요도 없이, 이는 나의 하루에도 너무나 중요한 개념이다. 골치 아픈 일로 잇달아 미팅을 하고 와서, 작은 팔레트를 꺼내 들고 그림을 그리며 마음을 다스린 적도 있다. 스트레스로 두통약을 먹다가, 친구가 된 회사 동료와 사무실 뒤 남산에서 산책을 하고 돌아와 다시 일을 시작한 적도 있다. 그림 그리기나 산책 같은 작은 행동만으로도 오페라의 막이 바뀌는 것처럼 나를 둘러싼 환경이 바뀌며, 내 마음에도 평안과 고요가 찾아온다. 에너지 매니지먼트 캠페인이 내게 가져다준 지혜다.

국내 어느 기업의 CF에서는 "자연은 공평하지 않다. 그러나 에너지는 공평해야만 한다"라고 말한다. 그런데 각자의 에너지는 노력한 만큼 주어지는 불공평한 것이니, 내 에너지 레벨이 떨어졌다면 내가 변해야만 할 것이다. 슈워츠의 말을 떠올려본다. "모든 건 자기 자신에서부터 시작한다."

번 아웃에서 벗어나기

스페인 그라나다에서 세비야로 가던 길, 버스 차장 밖으로 누우런 평원이 끝도 없이 펼쳐져 있었다. 자세히 보니 자그만한 해바라기들이 평원을 가득 메우고 있었다. 고개를 바짝 쳐들지 않은, 고개 숙인 해바라기를 바라보며 고흐의 해바라기를 떠올렸다. 잠시 후, 장면은 햇살을 받아 반짝거리는 올리브나무 잎들로 바뀌었다. 그처럼 달콤한 정경에 취해 있다가 얼마 전 겪은 암울하고 미쳐버릴 것 같은 고통이 잠깐 떠올랐다.

그런데 신기하다. 힘든 기억을 모조리 모아 되씹어보려는데 뭔가 달라진 듯했다. 내 몸과 마음이 두껍게 코팅된 것 같았다. 마치 방패로 무장한 느낌이랄까. 이 여행이 나의 번 아웃을 이렇게 치유해주고 있는 걸까. 비행기, 기차, 버스를 타고 목표를 찾아 떠난 스페인 여행길에서 복잡하고 머리가 터질 것 같았는데 모든 고민이 녹아내리는 것 같았다. 그렇게 나는 다시 정돈되었고 나 자신으로 돌아왔다.

'번 아웃'은 어떤 활동이 끝난 후 심신이 지친 상태, 훈련이 과도해서 혹은 경기가 원하는 대로 풀리지 않아 쌓인 스트레스를 해결하지 못하여 심리적, 생리적으로 지친 상태를 뜻한다. "안간힘을 다해 불살라 일한다"와 같은 표현이 직장에서 모범 답안처럼 받아들여지던 때가 있었으니, 번 아웃의 번(Burn)은 어쩌면 성공하는 직장인이 갖춰야 할 자세였을 것이다. 아마도 예전에는……

성격이 어떻든, 일을 좋아하든 싫어하든, 잘하든 못하든 누구나 이런 번 아웃 시기를 겪게 된다. 번 아웃은 생각지도 못한 순간 불쑥 찾아와서, 몸과 마음을 송두리째 흔들어놓는다. 그간 내 안에서 솟아난 열정과 의지를 불살라 온전히 내 힘으로 잘 달려온 줄 알았는데, 열정과 의지도 주어져야 불태울 수 있음을 실감하고 낮아지는 시기다.

　일터에서 다른 사람에게 처음으로 "당신에게 번 아웃이 온 것 같다"라는 말을 들었을 때, 왜 그토록 마음에 걸리고 신경이 쓰였던 걸까. 번 아웃을 번 아웃이라 했는데 왜 그랬을까. 마치 남한테 흉이 잡힌 듯 창피하고 자존심이 상하는 느낌이 들었다. 아프다는 것은 몸이 보내는, 너무나 자연스러운 신호다. 그런데 나는 번 아웃을 자기 조절 실패, 프로페셔널하지 않음이라는 생각과 연관 지었다. 가까운 친구 사이와는 나눌지언정 공적인 무대인 일터에서는 남에게 들키고 싶지 않은 상태였다 할까. 하지만 일터에서 번 아웃이 왔음을 인정하고 남들과 나눌 정도면, 이미 어두운 터널을 벗어나고 있는 것임을 나중에 알았다.

*

요즘엔 번 아웃을 일터에서 누구나 겪을 수 있는 상태로 여긴다. 회

218.

사에서도 속내를 나누는 기회가 오면 번 아웃이 왔음을 언제 느꼈고, 어떻게 보내고 극복했는지, 다시 온다면 어떻게 보낼 생각인지를 서로 나눈다. "달리는 롤러코스터에서 내려와야 할 때가 왔구나, 싶었다." "일에 올인해서 모든 걸 희생하고 여기까지 왔는데 정신 차리고 보니 내 껍데기밖에 안 남은 것 같더라." "죽고 사는 문제처럼 일을 대했으니 실은 회사 탓만 할 일이 아니더라." 개인적으로 약해졌던 순간을 나누다 보면 마음이 열리고, 동지애가 깊어지는 것도 같다.

얼마 전 회사 식사 자리에서 번 아웃이 온 때와 극복했던 경험을 나눌 기회가 있었다. 항암제의 접근성과 관련해 한 환자 모임이 정부와 회사를 상대로 강력히 문제를 제기해 이에 대응해야 했던 때가 떠올랐다. 새벽 3~4시에 글로벌 팀과 전화 회의를 하고 나니 이미 달궈진 뇌의 스위치가 좀체 꺼지질 않았다. 조직 안팎으로 얽혀서 사안이 워낙 복잡한 데다 로컬 팀뿐만 아니라 글로벌 팀들과 입장을 조율하고 의사결정을 계속 해야 했다. 위기 대응의 최전선에 있는 우리 팀들도 다들 민감하고 예민해져서 스트레스가 극에 달했다. 그야말로 총체적인 난국이었다.

거칠게 몰아친 폭풍우도 결국은 사그라들게 마련이다. 관점의 차이가 있을 뿐, 다시 건강해지고 싶은 환자와 가족들, 환자들의 질병을 치료하고 건강을 안겨주려는 회사, 그런 시스템을 제공하고 보장해주려는 정부, 실은 다 궁극적으로 추구하는 가치는 같다. 외부 상황이 더 버겁게 느껴졌지만 사실 돌아보면 내부에서 오가는 논의 때문에 마음의 상처를 입고 혈압을 올렸구나 싶어진다. "그래, 문제는 풀라고 있는 거지." 이 자세로 내 마음을 토닥거릴 무렵이 오면 이제 정상 궤도가 그리 멀지 않았을 때다.

이 '번 아웃' 폭풍우를 겪은 뒤, 몸도 마음도 부담스러운 출장을 떠나야 했다. 한데 도착한 호주 시드니의 7월 날씨는 서걱거리는 바람 불어오는 시원한 겨울이었다. 새벽에 일어나 시드니 오페라하우스를 바라보며 하버 브리지 근처를 산책하는데, 순간 너무 감사해서 눈물이 핑 돌았다. 전쟁을 치른 덕분에 내게 허락된 평화를 온몸으로 누릴 수 있었다. 출장을 마치고 시드니의 겨울에서 서울의 여름으로 돌아오니 늘 그랬듯이 넘지 못할 것 같았던 '번 아웃' 벽이 한참 뒤에 있었다. 또 벽 하나를 넘었구나.

동료나 친구들과 번 아웃 얘기를 나눌 때 처음엔 다들 과로를 이유로 댄다. 그러다 이 모든 것이 마음과 연결돼 있다는 사실을 깨닫게 된다. 솔직히 업무 자체가 과도해서 번 아웃이 온 경우는 거의 보지 못했다. 마음의 균형이 깨졌거나 인간관계에서 마음이 상했을 때, 혹은 열정과 끈기로 겨우 버텨왔지만 이 둑이 무너지면서 번 아웃이 오는 경우가 대부분이었다. 말 그대로 '정신적 탈진'이다.

자기 마음은 각자 관리해야겠으나 개인의 마음과 웰빙 상태가 조직의 성과와 문화에까지 연결되어 있으니, 직원에게 '번 아웃'이 오면 조직도 대책을 강구하게 된다. 개인들의 마음의 평정과 행복까지 조직이 개입해 관리해야 하는 세상이 온 것이다. 성과 달성을 강조하기에 바쁜 회사가 이젠 각자의 몸과 마음까지 돌아보라고 끊임없이 참견하고 강조한다. 매니저들에겐 본인 팀에 이런 어려움을 겪는 직원들이 있는지 살펴보고 경청하며 극복할 방법을 모색하고 도우라고 독려한다. 나도 보스와 함께 내 팀원의 번 아웃을 놓고 고민하며 대안을 찾을 때가 있었다. 사실은 남 걱정만 할 때가 아니었는데……. 시간이 흘러 돌아보니, 그런 나도 번 아웃이 왔었고, 내 보스도 예외가 아니었으리라 생각되었다.

수년 전 스페인 테네리페섬에서 열린 글로벌 미팅에서 성장을 논의하는데 '정지'라는 단어가 등장했다. 우리는 늘 성장과 도약을 얘기하지만 쉬고 비우고 돌아보는 시간을 두어야 진정한 성장을 한다는 것이었다. 그러면서 발표자가 '포지티버티(Pausitivity)'란 단어를 소개했다. 일시정지란 뜻이다. 처음엔 '적극성'이나 '확실'을 뜻하는 '포지티버티(Positivity)'인 줄 알았는데 다른 말이었다. 그래, 어차피 인생은 100미터 달리기가 아닌 마라톤. 다음을 위해 숨을 고르고 쉴 줄 아는 것도 능력이고 미덕이겠다.

마침 그 무렵 한 선배와 인생의 쉼표를 두고 얘기를 나누었다. 인생에 찾아온 장애물처럼 느껴지기도 하는 번 아웃이라는 쉼표의 시기를 우리는 어떻게 보내야 할까. 어쩌면 이 쉼표가 소망의 느낌표로 바뀔 수도 있고 아닐 수도 있겠지.

번 아웃을 이야기할 때 꼭 감초처럼 등장하는 단어가 회복탄력성이다. 독일 기자 크리스티나 베른트는 『번 아웃』에서 "회복탄력성은 인성적 특징이라기보다 어려움에 대처하는 자세이자 전략이다. 모든 인간은 힘든 일을 받아들이는 자세와 전략을 계속해서 새로이 재정비하여 이를 극복하는 경험을 통해 성장한다. 그러면 나중에는 더 큰 장애물도 유연하게 극복할 수 있는 훈련된 사람이 될 수 있다"라고 했다.

누구나 삶의 여정에서 굴곡이 있게 마련이지만, 웅덩이에 빠지는 것처럼 속수무책으로 당하진 말아야지. 다시 번 아웃이 온다면 좀 더 슬기롭게 맞이하고 싶다. 한두 번 경험치가 쌓였으니 다음번에는 좀 더 달라져 있어야 할 게 아닌가. 살면서 번 아웃을 또 만난다면, 좀 더 여유 있고 자유롭게 만날 테다. '불사르며' 사는 인생은 이제 안녕!

내 삶을 의미 있고 행복하게

10여 년 전, 광화문에 있는 독일 맥줏집에서 상사와 몇몇 임원이 번개 모임을 가졌다. 제약 업계 역사상 처음으로 대통령 주재 간담회가 열렸고, 상사가 글로벌 기업 대표로 참석해 중요한 의견을 전달한 날이었다. 변수가 터지기도 했지만 밤낮없이 치밀하게 준비한 덕분에 행사 참석 기회를 잘 살렸다고, 격려하고 감회를 나누는 자리였다.

대화가 이른바 '워라밸'로 흘렀다. "황 상무는 워라밸이 필요 없는 사람이지. 워크 자체가 라이프인데 밸런스가 따로 필요할까." 와, 이 분은 정말 내 마음을 잘 아는구나. 순간, 내 마음 알아주는 상사를 둔 것에 감사하는 마음이 들었다.

이튿날 친구에게 이 얘기를 했더니 다른 피드백이 왔다. "야, 너 지금 회사에서 가스라이팅 당하고 있는 거야. 너의 진심을 이용해 착취하고 있는 줄도 모르고 쯧쯧쯧……." 우리가 다 '일하는 인생'을 사는데 인위적으로 둘을 나누는 게 더 이상하지 않느냐고 했더니 친구가 덧붙인다. "너 그렇게 일하는 게 재미있고 보람이 크다면서, 월급까지 받아서 되겠니? 회사에 월급 제대로 드리고 다녀라."

돌아보면 나는 확신범이었다. 회사 일에 전심전력 최선을 다했다. 마음과 정성을 쏟으면 좋은 결과가 나오게 마련이라고 생각했다. 회사에서 성장하면 사람들은 칭찬해줬고, 나도 그게 하늘이 주는 축복인 줄 알았다.

아이러니하게도 이에 대한 마음은 조금씩 달라졌다. 열심히 하되, 일과 내 삶의 경계선을 명확히 설정해야 한다, 그러지 않으면 다음에 올 일을 감당하기 어려워진다, 성장과 인정에 마취되어선 안 된다, 워라밸을 잘해야 일도 잘한다……. 젊은 시절, 나를 더 격려하고 자극하고, 정신없이 일에 올인하게 했던 선배도 얼마 전 만난 자리에서 "뭐든 너무 열심히 하지 마"라고 했다. 일도, 노는 것도, 취미도 모두 과하게 열심히 하지는 말라고.

일을 얼마나 열심히 하는지, 얼마나 잘 놀고 쉬는지는 제로섬 게임 같은 게 아니었다. 일에 최선을 다하는 것과 일과 삶의 균형을 잡는 것은 반대 개념이 아닌데 이걸 모르고 지냈던 듯하다. 균형감은 누가 떠먹여주는 것이 아니라, 내가 온전히 붙잡고 관리해야 하는 것이었다. 글로벌 기업에 입사한 지 얼마 되지 않았을 때, 상사가 이렇게 말했다. "주말엔 정말 급한 일 아니면 그렇게 바로바로 이메일 답장 안 해도 됩니다. 돌아오는 주에 더 몰입해서 일하려면 확실한 휴식이 필요하죠." 바이올린 활도 연주 후엔 장력을 풀어줘야 하고, 안 그러면 오히려 활이 휘어진다는 이야기가 갑자기 떠올랐다.

마감 있는 인생을 살다가 새로운 일터에 왔는데 누구도 마감이 언제인지 가르쳐주지 않았다. 그래서 테트리스 게임에서 떨어지는 벽돌을 정신없이 끼워 맞추는 플레이어처럼 쉼 없이 일했다. 잘 적응해보려고 의욕만 앞선 때였다.

*

이전 회사의 본사 CEO가 언급한 TGIM(Thank God It's Monday)
이 사내에서 유행어가 된 적이 있었다. '드디어 금요일이구나!'라는
TGIF(Thank God It's Friday)를 약간 비튼 말이었다. 계속되는 환
경 변화와 도전 속에 "넘어져도 다시 일어나자" "새로운 출발은 지
금 이 순간부터" 같은 파이팅 정신과 함께 강조된 말이었다. 그런데
이렇게 치열한 경쟁과 성과 중심으로 굴러가는 글로벌 기업에서 비
즈니스 이상으로 강조하는 가치가 일과 삶의 균형, 워라밸이다.

덕담이나 캠페인성 구호가 아니다. 회사는 이를 제도적으로 뒷
받침하고 직원들 스스로 끊임없이 고민하게 하는 장치를 마련한다.
실제로 상사의 리더십 평가 설문조사 항목에는 '직원들이 회사 생
활과 개인 생활의 균형을 맞출 수 있도록 상사가 얼마나 지원하는
가'라는 질문이 있다. 이쯤 되니 "일만 열심히 해도 벅찬데 개인 삶
과 균형까지 갖추라고 하니 피곤하다"는 투정이 나올 정도다.

한번은 후배 직원이 고민을 털어놓았다. "두 아이의 엄마가 되니
워크 앤드 라이프 밸런스란 말이 피부에 와닿긴 해요. 하지만 제 인
생 추스르기도 힘든데 이젠 팀원들의 워라밸까지 챙겨야 한다니 막

막하네요." 코로나 팬데믹 시기를 겪으며 (국내 회사들도 시작하고 있지만) 글로벌 기업에서는 일찌감치 재택근무나 유연근무제, 모성 복지 제도 등을 활성화해 건강한 업무 환경 만들기에 몰두하고 있었다.

시간대가 다른 마켓들과 일하다 보면, 주말이나 평일 늦은 밤에도 이메일을 쓰게 된다. 이때 상대방이 불필요한 부담을 느낄까봐 이메일을 예약 발송으로 설정해놓기도 한다. 물론 촌각을 다투는 급한 사안은 예외다. 홍콩에 있는 중국인 동료는 업무 외 시간이나 주말에 휴대전화 문자나 이메일에 답을 하려다가, 잠깐 숨을 고르고 '꼭 지금 보내야 하는가'를 두고 고민한다고 했다.

워라밸 개념이 초기에는 '조직이 나를 얼마나 잘 지원해주느냐'에 초점이 맞춰져 논의되었던 것 같다. 물론 조직은 워라밸 원칙과 가치를 이해하고 이끌어갈 책임이 있다. 하지만 조직적으로 방침을 마련한다고 해도, 개인이 이를 소화하고 관리하지 못하면 의미가 없다.

외국인 동료들을 보면 워라밸에 진심으로 임한다. 뉴욕에서 근무했던 일본인 동료는 일주일에 최소 네 번, 요가나 필라테스 운동을 했다. "신체적으로, 감정적으로 건강을 유지하며 일을 잘하려면 이런 일시정지가 절실하다. 그래야 또 가속페달을 밟을 수 있으니까." 뉴질랜드인 동료는 잦은 해외 출장 중에도 새벽 수영 한 시간은 절대 타협하지 않는다고 한다. 서울에 출장 와서도 조찬 미팅을 앞두고 오전 5시에 수영을 하러 갔다는 말에 입을 다물지 못했었다. 뉴욕 맨해튼 사무실에서 기차로 한 시간 반 거리에 사는 미국인 동료는 아이 셋과 더 많은 시간을 보내려고 일찍 귀가할 때가 있다. 대신 밤 시간이나 주말 시간을 이용해 급한 사안에 대응하며 책임을 진다.

최근 회사에서 여성 리더들과 대화하는 시간을 마련했는데 이때도 워라밸 이야기를 나누었다. 출산 후에 어떻게 하면 육아와 일을 지혜롭게 병행할 수 있을까. 아이가 없는 싱글이라고 해서 고민이 없는 것은 아니다. 육아에서는 자유롭지만 오로지 일에 중심을 두며 살아가면서 워커홀릭에서 어떻게 빠져나올지를 고민하는 사람들도 많다.

글로벌 기업에서 말하는 워라밸이 '야근 제로' '스마트 오피스' '9시 출근 5시 퇴근'을 의미하는 것 같지는 않다. 결국은 개인의 일과 삶을 꾸려나가는 자율성을 조직이 얼마나 부여하느냐, 또 본인이 얼마나 지혜롭게 주인 의식을 가지고 자율성을 발휘하느냐, 여기에 답이 있는 것 같다. 30년 가까이 글로벌 기업에서 일한 한 선배는 "하루 열다섯 시간 넘게 일하고도 행복한 사람이 있는가 하면, 저녁 6시에 정시 퇴근하면서도 불행한 사람이 있지 않느냐"며 "일과 삶의 균형이야말로 개인에 따라 정의가 다르고 수행하는 방식도 다르다"라고 했다.

지난해 말 코로나 팬데믹 이후 3년 만에 파리에 갔다. 좋아했던 생루이섬 쪽의 센 강변을 걷는데 서울에서 일 때문에 열 받고 때론 쪼그라들었던 마음이 다림질되듯 쭉쭉 펴지는 것 같았다. 마침 프랑스의 한 MBA 대학원에서 열린 교육을 받으러 온 글로벌 제약회사에 다니는 친구를 만났다. 이그제큐티브 리더십 강의에서 한 프랑스 석학이 '죽기 직전에 사람들이 가장 후회하는 것'이 무엇인지 말했단다. 호스피스 병동에 있던 사람이 한 말인데 "30퍼센트가 '내가 일을 좀 줄였어야 했다. 너무 일만 했다'고들 후회한다고 한대요." 글로벌 기업에서 가장 뛰어난 인재들을 모아놓고 진행하는 이그제큐티브 리더십 수업을 듣던 사람들이 하나둘씩 고개를 끄덕였다고 한다. 정말 열심히 일하고, 울고 웃으면서 달려온 두 사람, 리츠 호텔의 디저트 카페에서 기다랗고 들척지근한 밀푀유를 나눠 먹으며 이야기를 나눴다. "그래, 지금이라도 정신 차리자. 우리 너무 일만 하고 살지 말자." 서울로 돌아가면 마음이 또 바뀔지도 모르지만 우리는 손가락을 걸고 다짐했다.

한 리더십 관련 글로벌 지식 포럼에서 리더십 전문가 마셜 골드스미스가 한 말이 떠오른다. "자신의 삶이 행복하고 의미 있다고 느낄 때, 훌륭한 리더십이 나오고 회사가 좋아지는 겁니다." 삶이 행복해지면 일을 잘하게 되는 걸까, 아니면 일을 잘해서 좋은 성과를 내면 행복해지는 걸까. 내 생각엔 직원들의 삶이 행복하고 건강하며 지속가능할 때 조직도 그렇게 될 것 같다. 내가 조절하고 선택할 수 있는 영역에서는 일과 삶의 균형을 아름답게 지켜나가고 싶다. 기업 성장뿐만 아니라, 일터에 몸담고 사는 우리들 한명 한명의 에너지도 지속가능해야 하지 않을까. 지금 당장 나의 워라밸을 위해 할 수 있는 일을 해보자.

나만의 놀이터를 만들어라

회사의 한 폐렴구균 백신이 국가 예방접종 프로그램 후보에 오른 후에 밤낮으로 미팅이 이어졌다. 낮에는 기차 타고 질병관리본부(현 질병청)에 가서 우리 백신의 가치를 설명하고 질문들에 답변했고 밤에는 정부와의 논의를 준비하기 위해 컴퓨터 앞에 앉아 글로벌 팀과 미팅을 이어갔다. 자정이 가까운 시각에 미팅을 마치고 잠을 청하려는데 도무지 잠이 오질 않았다.

물 한 잔 마시고 다시 식탁에 앉았는데 공책이 보였다. 무심히 볼펜을 들어 그날 낮에 본 장면을 낙서하듯 끄적거렸다. 나와 우리 팀, 그리고 마주 보고 앉은 공무원들……. 책상 위에선 우리가 나눈 대화에 등장하는 단어들이 춤을 춘다. 순간 피식 웃음이 나왔다. 과로로 내가 정신이 나간 걸까. 이 느낌, 아주 새롭다. 내 어깨에 지워진 부담과 날카로워진 신경과 스트레스가 모두 종이에 스르르 녹아드는 마법에 걸린 것 같았다.

어린 시절부터 그림 그리기를 좋아했고 대학에 가서도 미술 동아리에서 그림을 그렸다. 하지만 기자가 되자 그림 그리기는 은퇴 후 할머니가 되어 이루고 싶은 꿈이 되었다. 한데 극심한 업무 스트레스 탓에 뜻하지 않게 붓을 들게 되었다.

첫 그림의 모티브는 일터에서 하는 협상. 긴장감이 감도는 가운데 사람들이 마주 보고 앉아 회의를 하는 모습이다. 나는 이 논의의 주제들을 알파벳으로 늘어놓았다. 양측의 입장이 조율돼 정리되는

233.

양상은 오렌지색과 청록색이 섞여가는 것으로 표현했다. 사람이 있는 부분만 신문지를 붙이는 콜라주 작업도 해봤다.

그림 소재는 차고 넘쳤다. 뉴욕 출장길에 42번가에 있는 호텔을 나서자마자 눈앞에 펼쳐진 노란 택시 행렬을 담았고, 지방에 있는 공무원들과 미팅을 하기 위해 떠나는 길에서 머무는 서울역 대합실 느낌도 담았다. 여기저기 행사장에서 받았던 이름표를 꺼내서 붙여보고, 유효기간이 지난 알약을 본드로 붙여서 나무의 꽃으로 표현했다. 짙은 까만색으로 떡칠을 한 캔버스에 동대문시장에서 산 알록달록한 천과 반짝이 액세서리들을 붙여보기도 했다.

그곳은 온전히 내 맘대로 놀 수 있는 나만의 놀이터다. 글로벌 팀의 승인을 받아야 하는 미팅의 주요 논점도, 미팅을 하며 의견을 조율해야 할 동료들도, 발표를 앞두고 기회 분석과 실행 전략을 해야 할 일도, 리허설도 없었다. 그러다가 일기 쓰듯이 내 삶을 그린 그림들로 혜화동 갤러리에서 개인전을 여는 영광도 누렸다. 전시회 제목은 말 그대로 〈꿈, 이루어지다〉.

언제부턴가 회사에서 프레젠테이션 하는 마지막 슬라이드에 내 그림을 담았다. 국민건강보험과 재정 안전성, 신약의 가치 평가 같은 묵직한 내용을 한참 설명하다가 마지막 페이지에 알록달록한 그림들을 담아서 소개했다. 심각한 안건을 논의하던 회사의 수많은 글로벌 리더들 얼굴엔 웃음이 번졌다. 회의 분위기의 빛깔이 바뀌

234.

는 순간이었다.

금연 치료에 있어서 정부 지원을 끌어내기 위해 노력했고 결실을 얻었다. 미국과 유럽, 아시아 여러 마켓에서 이를 우수 사례로 발표할 때도, 내 뒤엔 금연 협상 그림이 크게 펼쳐져 있었다. 나는 검은 정장을 입었고 등 뒤엔 담뱃갑, 금연 표시 로고, 그래프, Health(건강)와 Value(가치), Budget(재정) 같은 영어단어들과 관련 그림이 무대 가득 펼쳐졌다. 이직한 회사에서 의료기기 비즈니스와 관련된, 헬스케어 생태계 환경 조성 전략을 발표할 때도 누런 봉투와 신문지에 그린 내 나무 그림들이 무대 위에 반복해서 펼쳐졌다. 내가 그린 그림이 발표하는 나를 지켜주고 응원하는 것 같은 이 신기한 느낌.

오래전, 파리 샤를드골 공항 라운지에서 문화심리학자인 김정운 교수님을 우연히 만났다. 여수에 화실을 만들어 그림 그리고, 글 쓰는 교수님이 부럽다고 했더니 이런 답이 돌아왔다. "인간이 행복할 땐 뭔가를 생산할 때입니다. 제약회사에서 성과 올리는 것도 보람 있겠지만, 원래 헛되고 헛된 걸 생산할 때 다른 경지에 이르지요. 글쟁이 출신인데 그림도 그린다니 가진 재주가 많네요. 당장 작업실 구하고 그림 그리고, 글 쓰세요. 다른 삶이 펼쳐질 겁니다." 나는 용기를 내서 이태원 옥탑방에 작업실을 얻었다. 목련 꽃과 나무를 그리고, 에펠탑과 십자가도 그렸다. 내 안의 영감과 스트레스, 자극들이 캔버스로 옮겨 간다.

마치며

서서히 완성하는 삶을 향해

몇 년 전 남프랑스 액상프로방스에 있는 폴 세잔의 아틀리에를 찾았다. 눈부신 햇살이 천장 높은 작업실에 드리워져 있었다. 한 귀퉁이엔 옷가지와 모자가 걸려 있었고 팔레트와 이젤 같은 도구들도 보였다. 탁자엔 방금 전까지 세잔이 보고 그렸을 것 같은 사과들이 담긴 그릇이 놓여 있었다. 이 공간에서 그는 어떤 마음으로 유화물감을 짜고 색깔을 섞어 캔버스에 붓질을 해나갔을까. 근처 언덕에 올라 생트빅투아르산을 보며 석양이 지고 비가 내릴 때도 작업을 했겠지. 은행가였던 아버지의 바람을 꺾고 자신이 온전히 하고 싶은 그림 그리기에 몰두할 때 세잔의 마음은 어떠했을까. 유럽 각지의 미술관에서 만났던 완성된 세잔의 명작이 아니라, 작품이 나오기까지 있었을 느림과 기다림의 시간들에 문득 호기심이 생겼다.

평소 눈앞의 데드라인에 쫓기듯 빨리 이뤄낸 성장에만 마음을 빼앗겼다. 좀 더 멀리에 있는 데드라인을 바라보며 긴 호흡으로 서서히 성장해가는 여정도 있을 텐데 말이다. 다람쥐 쳇바퀴 돌 듯 일상을 보내다 보면, 난 대체 무엇을 위해 이렇게 울고 웃으며 일터에서 열정을 불사르나 싶다. 삶이 영원하지 않을 뿐 아니라 씨 뿌리고 물 주는 시간이 쌓여야만 열매가 맺힌다는 당연한 이치를 알면서도 왜 이리 조바심을 내는 걸까. 주변을 돌아보면 세상의 가치는 점점 더 속도에 의해 평가되고 해석되는 것 같다. 서서히 완성해가는 여정은 외면한 채 결판을 낼 일만 바라보는 사람처럼 분주하게 사는 것은 아닌지, 자신을 돌아본다.

　성장의 여정은 늘 꽃길 같지만은 않아서 때로 폭풍우가 몰아치고 장대비도 쏟아진다. 하지만 배움과 기쁨, 좌절과 고통, 이 모든 것을 헛되이 흘려보내지 않고 시간에 버무려 다듬고 서서히 완성도를 높여가는 인생을 떠올리니 가슴 한켠이 뜨거워진다. 수십 년, 수백 년 세월을 거쳤음에도 오늘을 사는 우리에게 여전히 진한 감동과 위안을 주는 예술 작품들도 그런 시간을 거쳤으리라.

*

경영학자 드러커는 『프로페셔널의 조건』에서 19세 때 주세페 베르디의 오페라 〈팔스타프〉를 보고 느낀 감흥을 얘기한다. 인생에 대한 열정으로 가득 차고 활기 넘치는 이 오페라를 작곡한 사람이 여든 살 노인이라는 사실을 알고 깜짝 놀랐다는 것이다. "나는 음악가로서 일생 동안 완벽하게 작곡하려 애썼지만 하나의 작품이 완성될 때마다 늘 아쉬움이 남았다. 때문에 나에게는 분명 한 번 더 도전해볼 의무가 있다고 생각한다." 베르디의 이 말은 드러커에게 지울 수 없는 인상을 남겼다고 한다. 드러커는 이에 "내 삶은 완벽하지 않지만 나는 끊임없이 완벽을 추구하며 걸어간다"면서, 사람들에게 "당신이 쓴 책 가운데 어느 책을 최고로 꼽습니까?"라는 질문을 받을

238.

때면 "바로 다음에 나올 책이지요"라고 대답한다고 했다.

한 걸음 한 걸음, 좀 더 나은 것을 성취하기 위해 걸어가는 삶을 늘 생각해본다. 어떤 분야의 전문가가 되기 위해서는 최소 1만 시간 정도의 훈련이 필요하다고 한다. 1만 시간이라고 하면 매일 세 시간씩 훈련할 경우 10년, 하루 열 시간 투자할 경우 3년에 해당한다. 그러나 한 분야의 거장이 되는 것이 목표라면 3년이란 시간은 어쩐지 짧게 느껴진다. 프랑스의 인상주의 화가 클로드 모네는 80세에도 하루에 열두 시간씩, 심지어는 시력을 거의 다 잃을 때까지 그림을 그렸고, 입체주의의 창시자 파블로 피카소도 90세가 넘어 눈을 감을 때까지 계속 그림을 그렸다고 하니 한 사람의 삶을 완성하는 데엔 많은 시간과 기다림이 필요한 것이다. 우리 역시 앞날은 알 수 없지만 꽃 몽우리가 터지는 그날을 떠올리며 묵묵히 걸어가야 하리라.

2016년 뉴욕 메트로폴리탄 박물관에서 〈미완성: 보이는 생각의 흔적들(Unfinished: Thoughts Left Visible)〉이란 전시가 열렸다. 미켈란젤로, 로댕 등의 작품 약 200점이 선보였는데 모두 끝까지 완성되지 않은 작품들이었다. 이렇게 완성되지 않은 작품들에는 아쉬움과 무력감, 애잔함이 담겨 있으리라. 또 한편 작품을 완성하기 위한 예술가들의 열정과 노력이 스며 있고, 그것만으로도 우리에게 짙은 감동을 안겨준다.

인생은 직선이라기보다는 전진과 후퇴를 반복하는 움직임이고, 실제 최종 목적지는 여정을 마치고 나서야 보이거나 이해할 수 있다는 글을 읽었다. 우리가 목표로 삼은 지점까지 가지 못할까 하여 미리 두려워하거나 좌절할 필요는 없다. 설령 중간에 멈출지라도 거기에 이르기까지의 여정에 이미 큰 의미가 깃들어 있기 때문이다. 그러니 삶을 계속 다듬어가는 가운데 기쁨과 자유를 누려보면 어떨까. 우리 삶이 미완이라면 아직 완성할 부분이 있다는 말이다. "과거의 노예가 되는 일 없이 계속 성장하고 변화하며 나이 먹어가는 법"을 강조한 베르디의 말을 문득 떠올린다.

나는 왜 일을 하는가

2024년 5월 31일 1판 1쇄 펴냄

지은이: 황성혜

기획 편집: 고미영

교정 교열: 박기효

지은이 사진: 김도형

디자인: Praktik

마케팅: 윤여준 타인의취향

경영지원: 김민선

제작처: 영신사

ISBN 979-11-982894-6-9 03810

펴낸이 고미영

(주)새의노래. 10908 경기도 파주시 경의로 1114, 405호

출판등록 제2023-000009호

전화 02 6949 6014 팩스 02 6919 9058

info@birdsongbook.com   www.birdsongbook.com

Instagram: birdsongbook

저자는 방일영 문화재단의 지원을 받아 이 책을 저술하였습니다.